Alfie the Doorstep Cat

獻給我的第一隻貓 Ginger，他常陪我散步，而且可愛得像個洋娃娃。你走得早，但你永遠活在我心中。

1

「打包搬家又不用花多少時間。」琳達說。

「琳達，妳好樂觀，也不看看妳媽撿了多少垃圾。」傑瑞米回答。

「哪有都是垃圾。她也撿了一些不錯的瓷器，誰知道，搞不好很值錢。」

我假裝在睡覺，其實耳朵豎高，一面偷聽他們對話，一面耐住性子，不讓焦躁的尾巴甩動。我蜷臥在瑪格麗特最喜歡的椅子上（應該說是她生前最喜歡的椅子上），悄悄聽她女兒女婿討論接下來的事。他們將決定我的未來。過去幾天極度混亂，特別是我根本搞不懂發生了什麼。我一面聽，一面強忍傷心。就我理解，我唯一明白的是，我的貓生將永遠改變。

「最好是值錢啦。我們應該請清潔公司來

一趟，看看誰會想要她的東西。」我趁他們不注意，偷瞄他們一眼。傑瑞米身材高大，一頭灰髮，脾氣暴躁。我從來就不喜歡他，但琳達總是對我很好。

「媽媽的東西我想留幾樣下來。我很想念她。」琳達大聲哭了，我好想和她一起哭叫，但我沒作聲。

「我知道，親愛的。」傑瑞米語氣軟下來。「但我們不可能一輩子都住在這裡。葬禮結束了，我們要想一下賣房子的事。何況東西先收拾好的話，等到一賣掉，就能馬上搬走了。」

「我只是感覺東西一收拾完，媽媽就眞的不在了。但當然你說的對。」她嘆口氣。「可是，阿飛要怎麼辦？」我貓毛豎立。這就是我在等待的話題。接下來我該怎麼辦？

「我想我們得把他送去動物之家。」我差點炸毛。

「動物之家？但媽媽很愛阿飛。就這樣把他扔了，感覺有點狠心。」我眞希望自己能大聲附和，這根本不是狠心能形容的了。

「但妳也知道我們不能帶他回家。我們家有兩隻狗，親愛的，我們家不適合養貓。」

我快氣瘋了。倒也不是說我多想去他們家，但我絕對不想去動物之家。**動物之家**。光聽到這四個字，我就全身打顫。那種地方憑什麼叫家，在貓群裡頭，誰不知道那裡等於「死囚牢房」。有的貓可能比較幸運，能找到新的家，但誰知道他們後來的下場？誰曉得新家人對他們好不好？我認識的貓一致認為「動物之家」是個可怕的地方。而且我們心裡很清楚，沒找到新家的貓最終都難逃一死。

我知道自己長相可愛，也算有魅力，但我怎麼樣也不要冒這個險。

「我知道，家裡的狗會把阿飛活活咬死。而且動物之家現在愈辦愈好，所以他可能很快會找到新家。」她頓了頓，像在考慮。「好，就這麼辦吧。早上我就打給動物之家和清潔公司。然後我們就找房仲來估價。」她感覺心意已決，除非我反抗，不然我的命運已成定局。

「妳這樣想就對了。我知道妳很難受，但琳達，妳媽年紀也大了，老實說，她過世也不意外。」

「就算這樣，還是會難過啊，不是嗎？」

我伸爪爪蓋住耳朵，小腦袋一陣暈眩。過去兩週，我失去了主人，她是我這輩子唯一熟悉的人類。我的生活天翻地覆，我既心碎又孤單，如今還要落得無家可歸！像我這樣的一隻貓，到底該怎麼辦才好？

我是人們所謂的「膝上貓」，晚上不用去外頭打獵，不用潛行街頭，也不用四處交朋友。我能躺在主人溫暖的大腿上，天天有食物吃，還有個遮風蔽雨的家。我有同伴，也有家人，不怕孤單寂寞。但一夕之間，這一切全都沒了。我一顆貓心碎成碎片。我還是頭一回這麼無依無靠。

我這輩子都和主人瑪格麗特住在一棟排屋裡。我有個貓姊姊叫愛格妮絲，但她年紀大我不少，其實比較像我阿姨。愛格妮絲一年前去了貓天堂，我從不知道自己的心會這麼痛，彷彿破了個大洞，永遠無法癒合。但當時我還有深愛我的瑪格麗特，我們緊緊相依，陪伴彼此度過悲傷。我們都深深思念愛格妮絲，眞的是很愛很愛她，幸好在痛苦中我們還能互相扶持。

然而，我最近才明白，貓生竟能如此殘酷。兩週前，瑪格麗特沒從床上起來。身爲一隻貓，我不知道發生了什麼事，也不知該如何是好，於是我躺到她身旁，用盡全力哀號。幸好每週定期來關心瑪格麗特的護理師剛好來了，我聽到門鈴聲，不捨地離開瑪格麗特身邊，從貓門跳出去。

「哇，怎麼啦？」護理師問，我用盡全力大叫。她又按一下門鈴，我用爪子輕輕抓她，不斷設法告訴她出事了。她拿出備用鑰匙打開門，發現了瑪格麗特冰冷的屍體。護理師在一旁打電話時，我待在瑪格麗特身邊，心知我永遠失去她了。過一會，幾個人來將她搬走，我不禁大聲嗷嗷哭叫。但他們不肯讓我跟去，這時我才恍然大悟，我的生活，至少是我所知道的生活，眞眞正正結束了。他們通知瑪格麗特的家人，我繼續嗷嗷哭號，直到喉嚨沙啞。

傑瑞米和琳達繼續討論。我默默跳下椅子，離開屋子，四處徘徊，尋求其他貓友的建議，但現在是午茶時間，外頭找不到半隻貓。不過，我認識一隻老貓，她叫梅維思，住在街的另一頭，於是我過去找她。我坐在她家的貓門前，大聲喵喵叫。梅維思知道瑪格麗特過世了，也目睹她被帶走。梅維思是隻充滿母性的貓，有點像愛格妮絲。琳達和傑瑞米趕來前，她細心照顧我，一直陪伴我，讓我盡情哭泣，還跟我分享她的食物和牛奶。

現在她聽到我的叫聲，便從貓門出來，我向她解釋了情況。

「他們不能養你？」她眼神悲傷望著我。

「不行，他們說有養狗。況且我也不想跟狗住一起。」我們一想到都打了個寒顫。

「誰會想啊？」她說。

「我不知道該怎麼辦。」我難過地說，差點又想哭了。梅維思靠過來，依偎著我。我們最近才變熟悉，但她非常貼心，我眞心感謝能擁有這份友誼。

「阿飛，別讓他們帶你去動物之家。」她說。「我很願意照顧你，但我辦不到了。我老了，體力差了，我主人也不比瑪格麗特年輕多少。你要鼓起勇氣，替自己找到新的家人。」她親切地用脖子磨蹭我的脖子。

「我該怎麼做呢？」我問。我從未感到這麼困惑和害怕。

「眞希望我有答案，但想想你最近學到的一課，生命十分脆弱，你要堅強。」

跟梅維思摩擦幾下鼻子後，我知道自己該走了。我回到瑪格麗特家做最後的巡禮，想在走之前好好記下一切。我希望腦中留下的畫面能陪伴我踏上旅程，並帶給我力量。我看著瑪格麗特的飾品，她都說那些是她的「寶貝」；我看著牆上熟悉的照片；又看看地毯，以前我年輕不懂事，還把它抓得破破爛爛的。這間房子就是我，我就是它。只是我現在完全不知道我的未來會如何。

我沒胃口，仍逼自己吃了點琳達給我的食物（畢竟我無法確定下一餐在哪），接著我依依不捨看了我家最後一眼，這裡曾爲我帶來溫飽，給我安全感。我想到過去學到的種種：在這房子住了四年，學會愛，學會失去。我曾受人照顧，但那段時光已不復存在。我還記得小時候第一次來到這個家。愛格妮絲不喜歡我，覺得我是威脅，但我最後贏得了她的認可。至於瑪格麗特，她始終是全心全意照顧著我們，把我們當作是全世界最重要的兩隻貓。我回想著自己過去多幸運。現在我的好運用完了。我哀悼過去的歲月的同時，內心也湧起一股本能，雖然我不知道該怎麼做，但我覺得自己必須活下來。我感覺自己已準備躍入未知的世界。

2

我別無選擇，帶著一顆傷痕累累的心，離開了我從小到大的家。我不知道自己要去哪，也不知道該怎麼生存，但我心底明白，與其去動物之家，不如靠著我一點點本事自力更生。我知道自己是隻家貓，所以我必須找到一個家，找到愛我的人。我步入漆黑的夜裡，小小的身軀不住顫抖，內心無比害怕，但我試著勇敢面對。我知道的不多，但我很確定自己絕不想無依無靠。我只想找到一雙能安心窩在上面的大腿，甚至好幾雙大腿。我確認好目標之後，努力喚起內心的勇氣。我真心希望，也由衷祈禱，這份勇氣能一直陪伴著我。

我邁出腳步，讓感官引領我。我通常不會在夜裡出門，街道既黑暗又冰冷，但我眼睛看得到，耳朵也聽得清楚，我不斷安慰自己不會有事。我一邊走，一邊回想著瑪格麗特和愛格妮絲的聲音，給自己前進的力量。

第一個晚上很辛苦。我精神緊繃，夜晚感覺無比漫長。後來月亮照亮了街道，我在一戶人家的後院角落找到一座小棚屋，眞是謝天謝地，因爲我已精疲力盡，四條腿都隱隱作痛。棚屋的門敞開著，裡面雖然布滿灰塵和蜘蛛網，但我已經累到不在乎了。我蜷縮到角落，地板很硬，又髒兮兮的，但我還是迅速進了夢鄉。

半夜我聽到一聲咆哮，馬上驚醒，一隻大黑貓出現在我上方。我嚇得跳起。他凶巴巴瞪著我，我四條腿不斷打顫，但我盡力站穩腳步。

「你在這裡幹麼？」他嘶吼，語氣充滿威脅。

「我只是想睡一下。」我想堅定拿出態度，卻只顯得心虛。我判斷自己無法全身而退了，於是一面顫抖，一面站直了身子，想裝出一副狠樣。黑貓咧嘴一笑，令我內心發毛，險些腿軟。他一揮手，爪子掃過我的頭。我嗚咽一聲，臉上瞬間熱辣辣的，痛到想縮成一團，但我知道自己必須盡快逃離這隻凶惡的黑貓。他再次發動攻擊，爪子閃現冷光，朝我頭揮來，幸好我動作比他靈敏，快速閃過他，身子擦過他粗硬的貓毛，一溜煙衝向門口，逃到外頭。他轉過身，再次向我嘶吼。我也回吼一聲，然後用盡全力拔腿奔跑。等我停下，已是氣喘吁吁，回頭一看，才發現他沒追來。我貓生第一次嘗到危險的滋味，我知道自己要存活，貓毛還必須長厚一點。我伸出貓掌，撥了撥毛，忽視仍在刺痛的傷口。我發覺危急時我可以動作很快，未來這點能幫助我脫困。我一邊喵喵叫，一邊繼續向前。我的內心充滿恐懼，但同時間，恐懼也是驅使我向前的力量。我抬頭望夜空中的星斗，又想起了愛格妮絲和瑪格麗特，不知道她們看不看得到我。但願她們看得到，但我不知道。我知道的好少好少。

等我終於能安心停下腳步，肚子卻好餓，而且外頭天氣好冷，比起以前天天都坐在瑪格麗特的壁爐旁，現在的生活好陌生。我知道要想塡飽肚子，就一定要打獵；以前我根本不需要打獵，同時我也不擅長，但我還是跟著鼻子，並在一棟大房子外的垃圾桶旁找到幾隻鬼鬼祟祟的老鼠。我不喜歡吃老鼠（我通常是吃罐罐；特殊的日子裡，瑪格麗特還會給我吃魚），但我仍將一隻老鼠逼到角落，動手殺了牠。我不習慣餓成這樣，但飽餐一頓的滋味十分甜美。這一頓飯給了我力量繼續前進。

我在夜色中遊蕩，直到天空泛白。我追著尾巴繞圈，練習跳躍，提醒自己仍是那隻愛玩的小貓阿飛。我追著一隻肥蒼蠅跑時，忽然想到可不能隨便浪費體力。畢竟，我還不知道下一餐的著落。

我依然不知道要往哪去，這時我走到一條大馬路前，看來我必須跨越過去。我不習慣面對道路和汽車。小時候，瑪格麗特總叫我不要靠近馬路。馬路上汽車和廂型車飛馳而過，轟轟的聲音震耳欲聾，令我害怕。我站在人行道上，心臟噗通噗通跳，好不容易等到了一個空檔。我差點傻傻地閉起眼睛往前衝，但我穩住了發抖的小貓腿，提心吊膽將一隻小貓掌放到馬路上，感受汽車駛來的震動。突然之間，一聲刺耳的喇叭傳來，我轉向左方，一對巨型大燈直直照向我。我嚇得以這輩子最快的速度衝出，驚恐之中，我感覺到車身掃過尾巴。我嗚咽一聲，用盡全力一跳，落到另一頭的人行道上。我心臟大力撞著胸口，轉身看到一輛車疾馳而去。我剛剛差一點就被路殺，不知道我的九條命是不是用掉了一條（我相信是用掉了）。等我好不容易喘過氣來，恐懼再次化為動力，我四條腿雖然像果凍一樣抖著，但我仍撐著走了幾分鐘。遠離大馬路之後，我才終於倒在一道柵門前。

幾分鐘後，柵門打開，一位女士走了出來。她牽著一條狗，狗看見我馬上朝我撲來，瘋狂吠叫，我不得不再次躲開。女士拉著牽繩，對狗大喊。狗仍不斷朝我咆哮，我也哈氣還以顏色。

踏出家門，離開愛格妮絲和瑪格麗特的家之後，我馬上了解這世界根本是危機四伏。我開始懷疑動物之家會不會比較安全一點？

但現在無法回頭了。我這時已不知道自己在哪裡。我出發時不知道目的地，也不知道會有什麼遭遇，但我心底一直懷抱希望，以爲只需要旅行一會，不久便會有好心人或可愛的小女孩發現我，把我帶回新家。這段日子，我面對危險、倉皇逃命或餓到快昏倒時，心底都一直想像著這畫面。

我迷失了方向，感覺又渴又餓。支撐我向前的腎上腺素漸漸消退，如今四肢只感到無比沉重。

我後來鑽入一條後巷。在那裡，如果跳到圍欄上，並像芭蕾舞者一樣維持平衡，我便能居高臨下，安全向前。於是我擠出體力跳到上頭。這時我看到花園中有個立在柱子上的水碗。瑪格麗特的花園也有這東西，那是給鳥喝水用的。我口渴得要命，趕緊跳下圍欄，手忙腳亂爬到上頭。爲了喝水，我簡直可以爬上最高的山峰。我狼吞虎嚥喝著水，瞬間身心舒暢，心懷感激。我揮爪將幾隻鳥趕走，這是我的水了。我把水差不多喝光後，又回到圍欄上，一步步遠離我過去的生活。

我幸運地度過了平靜的一夜，也遇到了其他貓咪，但他們都不理睬我，只專心大聲喵叫求偶。
關於貓的事，大都是愛格妮絲和其他貓咪告訴我的。我遇到愛格妮絲時，她已不怎麼走動了；以前街上的貓都很友善，尤其梅維思更處處照顧我。我有考慮去找他們求助，但每隻貓感覺都很忙。而且我在被大黑貓攻擊過後，心裡有了陰影，現在我只能小心翼翼繼續向前。

隔天早上，我感覺已走了好長一段路，肚子又再次餓了，於是我決定去搭訕，希望能找到一隻好心貓，賞我一點食物。我看到一隻貓在門口曬太陽，她家有一道明亮的紅門。我腳步遲疑慢慢靠過去，發出呼嚕聲。
「天啊。」那隻貓說，她是隻虎斑大母貓。「你看起來好慘。」我聽了原本要生氣，但一想起我離開瑪格麗特家後，都只顧著保住小命，遠離麻煩，根本沒空好好梳理自己的貓毛。
「我沒有家，肚子也好餓。」我喵喵叫。

「來，我分你一點早餐，」她說：「但你吃完就要走。我主人不久就會回來，要是她發現有流浪貓跑進家裡一定會發飆。」我突然驚覺，自己真的是流浪貓了。我孤苦無依，沒有家，也沒有家人。我成了不得不自謀生路的可憐貓咪。日夜活在恐懼之中，身心疲憊，經常挨餓，永遠是狼狽不堪，也無法展現出自己最好的模樣。我怎麼會淪落到這個樣子，感覺糟透了。

我吃飽喝足，向那隻好心的貓咪道謝和道別後，滿懷感激再次踏上旅途。我甚至連她的名字都不知道。

我的心理狀態全反映在身體上。我好悲傷，身上的每一根貓毛都思念著瑪格麗特，心臟糾結到隱隱作痛。但我也理解愛，我感受得到她們生前對我的愛，這是我虧欠她們的，我承受了她們的愛護，因此我必須堅持下去。現在我已填飽了肚子，身體也充飽了電，我會振作，絕對不辜負她們給我的愛。

3

好幾天過去，我離舊家愈來愈遠，離未知的目的地愈來愈近。我後來又遇到幾隻好心貓，幾隻壞脾氣貓，還有許多惡霸狗，牠們吠個不停，但幸好都無法撲向我。我一路都緊張兮兮，體力不斷流失，幾乎是腳不沾地，隨時都要跳躍、奔跑和躲避。我學會適時反擊，但那只是生存本能，並非我的本性。我一次次躲避汽車和貓狗，漸漸培養出適合在街頭生存的個性。

但我的身體仍日漸消瘦，往日光亮的貓毛糾結成團，感覺又冷又累。我不知道自己怎麼還能活著，以前從未想過生活會變成這樣。我貓生頭一次這麼悲傷，也頭一次這麼寂寞。我睡著時會做噩夢，醒來時想到自己處境便大聲喵喵哭。眞是段煎熬的日子，有時我都不知道自己還能堅持多久，是不是乾脆一了百了。

街頭生活殘酷無情，對我的身心都造成衝擊，我愈來愈喪氣，每一步都更加困難。

天氣也彷彿反映了我的心情，寒冷刺骨，陰雨綿綿，寒氣彷彿鑽進我骨頭裡，我的貓毛感覺根本沒乾過。在無家可歸的日子裡，我繼續找尋我的未來，找尋美好的家，但想像中的那個可愛小女孩從未現身，至今仍沒有人來拯救我，我漸漸認爲未來也不會有了。我說爲自己難過，還只是保守的說法。

我又一次遇到大馬路。雖然我仍十分害怕，即便我已經比較會過馬路了，但我每次踏下路緣仍覺得自己在玩命。現在我變得十分有耐心，過一條馬路會不惜等到天荒地老。於是我坐了下來，轉頭左右看，確認沒車才通過。雖然路上沒有半輛車，但我仍全力衝刺，跑到另一邊時已上氣不接下氣。不巧的是，我一心注意馬路，沒發現馬路對面有一隻小胖狗。牠在我面前擺出架勢，露出尖牙，口水噴濺，瘋狂吠叫。他身上沒有繫繩，主人也不在。

「哈。」我哈氣想嚇住牠，但其實我嚇壞了。牠靠得好近，狗身上的氣味撲鼻而來。牠朝我狂吼幾聲，冷不防撲了過來。我雖然全身疲憊，但仍向後一躍，拔腿就跑。我的尾巴感受到牠噴出的鼻息。我加速飛奔，鼓起勇氣向後望一眼，看到牠緊追在後，嘴巴大張咬向我後腳。牠是隻胖狗，但動作靈活，一路都在追著我瘋狂咆哮。我衝過轉角，轉頭看見一條小巷，於是我急轉彎，全力鑽了進去。跑了快要有一公里，我才慢下腳步，耳邊不再聽到任何聲音，我向後望，胖狗已不見蹤影。終於，我逃過了一劫。

我的心仍怦怦跳著，於是便放慢腳步走，看來這條小巷是通往一塊塊蔬果園。天仍下著雨，小巷內人也不多，所以儘管我渾身溼透，腿軟乏力，但我毫不膽怯，大步走去尋找遮蔽。其中一塊園圃有間小棚屋，門微微敞開。我再無心力考慮棚屋是否危險，趕緊用鼻子輕輕頂開門。我全身冰冷，內心焦慮，害怕再不找個乾燥的地方休息，我馬上會生重病。

我偷偷溜進棚屋，謝天謝地，屋裡一角有塊毛毯。和以前的日子相比，這當然稱不上奢侈，但在那一刻，我感覺有如像進到宮殿一般。我蜷臥到毛毯上，儘可能弄乾貓毛，雖然肚子有點餓，但我一點也不想去找食物吃。

雨水拍打著棚屋，我小聲嗷嗷叫著，心裡很明白自己過去眞是被寵壞了。和瑪格麗特生活時，我都把一切視為理所當然，要是眞一一列出來，可能會有一長串清單。我知道自己擁有食物，擁有愛，隨時都感到溫暖，受人照顧。天氣冷時，我能坐在瑪格麗特客廳暖烘烘的壁爐旁，也能到窗邊曬太陽。我一生都嬌生慣養，過著奢侈的生活。說來好笑，直到失去，我才察覺自己有多幸運。

接下來該怎麼辦呢？梅維思叫我離開時，我其實對未來毫無頭緒。我從沒想到自己會有放棄的念頭，但我真的不確定自己撐不撐得下去。我的旅途會在這間棚屋結束嗎？就在這塊臭毛毯上？這就是我的命運嗎？但願不是，但我不知道還有什麼選擇。我知道不該自怨自艾，但我忍不住。好想念好想念我過去的生活，我已經不知道接下來該怎麼辦。

我一定是睡著了，因爲我醒來時，發現一雙眼睛盯著我。我眨了眨眼。一隻黑夜般的黑貓站在我面前，雙眼像火炬般閃爍。

「我沒有惡意。」我馬上說，並心想要是她眞的出手，就讓她殺了我好了。

「我就想說我聞到貓的味道。你在這裡幹麼？」她追問，但語氣溫和。

「我想休息。剛才有狗追我，最後逃到這裡。這裡溫暖又乾燥，而且……」

「你是街貓嗎？」她問。

「我原本不是，但我想現在算是吧。」我難過地說。她拱起背。

「聽著，這裡是我的打獵場。我是隻街貓，也喜歡這樣的生活。很多獵物會來這裡找食物，像老鼠、小鳥之類的，總之這裡是我的地盤。我只是來確認，你是不是想搶我的地盤？」

「當然不是！」被貓誤會，我好生氣。「我只是需要地方躲雨。」

「你最後會習慣下雨的。」她說。我想回她：「怎麼可能。」但我不想惹新同伴不開心。我緩緩站起，走向她。

「之後會變比較輕鬆嗎？」我心想這會不會眞成爲我的未來。

「我不知道，但你會習慣的。」她眼神黯淡下來。「總之，跟我來，我帶你去打獵。我會教你去哪裡喝水，但到早上你就要離開，好嗎？」我答應了她的條件。

我吃飽喝足後，仍感覺十分疲倦。我再次蜷臥在毛毯上，新朋友已離開了。我暗自祈禱奇蹟發生，因爲再繼續這樣過下去，我遲早會喪命。

4

我隔天依約離開，再次出發踏上旅途，但我已心灰意冷。幾天過去，我內心很矛盾，情緒起起伏伏。前一天我覺得自己快撐不住了，天氣、飢餓和孤獨都侵蝕著我的意志；但是隔一天我又會振作，告訴自己爲了瑪格麗特和愛格妮絲，我絕不能放棄。我的心情像玩翹翹板一樣來回擺盪，一下低落絕望，一下不接受失敗。

我靠著找到的食物和飲水勉強度日，也學會了自給自足。我甚至習慣了天氣，但依然很討厭下雨。我打獵變得更有效率一些，過程痛苦，但我總算多了一點韌性。我仍不覺得自己夠堅強，至少還差了點。

有天晚上，我心情算好，並遇到了一群人類。他們全窩在一個出入口前，那裡堆有許多紙箱，臭氣沖天。他們每人手中都拿著瓶子，有的臉上和我一樣都毛茸茸的。

「有貓。」毛毛男口齒不清說完，喝了口酒。他朝我揮舞瓶子，一股惡臭撲鼻而來，嚇得我向後一縮。他們見了全放聲大笑，我緩緩向後退，不確定自己面臨什麼危險。一人剛才還在笑，突然將酒瓶丟向我，我勉強躲過，酒瓶在我身旁摔成碎片。

「拿這貓做成帽子一定很溫暖。」另一人笑著說，我覺得他語帶威脅，於是我繼續悄悄後退。

「我們連食物都沒有，少在那邊屁話。」第三個人不客氣地嗆他。

「我們可以把貓的皮剝了，然後煮了吃。」另一人大笑說。我驚恐地睜大眼睛，不斷向後縮。這時一隻貓不知從哪冒了出來。

「跟我走。」他沙啞地說，我隨他跑過街道。幸好在我覺得快跑不動時，他停了下來。

「他們是誰？」我上氣不接下氣問。

「社區裡的酒鬼。他們沒有家。你最好離他們遠一點。」

「但我也沒有家。」我嗷嗷叫，又好想朝天哀號。

「真替你難過。但你還是最好和他們保持距離。他們並不友善。」

「什麼是酒鬼？」我簡直像一隻沒見過世面的小貓。

「那是人類會做的事。他們會喝某種飲料，喝到變了一個人。那東西不是牛奶，也不是水。聽著，跟我來。我今晚可以替你弄點食物和牛奶，幫你找個安全的地方睡覺。」

「你眞好。」我呼嚕呼嚕說。

「我也曾落入和你一樣的處境，無家可歸好一陣子。」那隻貓說完便邁開腳步，爪爪揮了揮，示意我跟上。

他的名字叫鈕扣，他覺得這名字很白痴，但他的小主人常說他「可愛得像顆小鈕扣」，誰知道那是什麼意思。他家裡一片漆黑，我很高興能進到溫暖安全的屋內。這又提醒了我一定要趕快找到新家。我跟鈕扣述說了我的故事。

「眞難過，」他說：「但你和我一樣學到了教訓，一個主人終究不夠。我有時會去街上另一棟房子。」

「眞的假的？」我被勾起了興趣。

「我自認是隻串門貓。」他說。

「那是什麼？」我十分好奇。

「就是平常你會住在一個家，但也會去躺在其他家的門口，躺到他們讓你進門。當然不是每一戶都會接納你，但我還有另一個家。我雖然不住那裡，但如果出了意外，我想我還能有選擇。」我繼續追問，他解釋串門貓會擁有好幾個家人，一天會吃好幾餐。每天都有人摸摸，有人寵愛，充滿安全感。

他和我一樣，討厭無家可歸。但和我不同，一個小孩拯救了他，不過他說這一切都在他計畫之中。找到新家人時，他裝出可憐兮兮的樣子，吸引他們同情，最後才讓他們決定領養他。

「所以你裝作肚子餓，全身髒兮兮的？」我耳朵豎起，充滿興趣問。

「我眞沒騙你。但你也知道，我是運氣好，我哀求人幫忙，剛好就有人收留了我。你需要的話，我可以教你。」

「喔，太好了。」我回答。

他在籃子空出個位子，讓我和他蜷臥在一起，我們一路聊到晚上。但我能睡的時間不多，因爲隔天一早，在鈕扣的主人醒來之前，我就必須離開。在離開瑪格麗特家之後，這還是我頭一次感到如此安全。我腦中的計畫也逐漸成形：我要成爲一隻優秀的串門貓。

5

隔天早上，我離開了鈕扣家。前一晚住得好安心，我眞捨不得離開，但至少他有建議我方向，並告訴我這一帶哪條街最好走。他建議我往西，那一帶有比較多家庭，並希望我找到適合我的街道。他要我相信直覺，並說我找到時，內心自然會有感覺。我安穩睡了一覺，也塡飽了肚子，便朝他建議的方向前進，一面躲避危險，一面跟著鼻子走。

我變得樂觀許多，但遇到鈕扣後，生活並未一夕改變。我還是必須保持警覺，還是會餓肚子，也還是會疲倦。有時我精疲力盡，四條腿不住打顫；有時我淋成落湯貓，貓毛全貼在身上，但我依然繼續向前。這是段漫長艱苦的旅程，但我活下來了。一路上我都不斷告訴自己，一切終將值得。

最後我終於找到一條美麗的街道，正如鈕扣所說，我馬上知道這裡有我所需的一切。我不懂爲什麼，但我就是知道。我的直覺告訴我，自己屬於這裡。我坐在「艾格路」的路牌旁，舔著嘴巴。離開瑪格麗特家後，我頭一次感到如此安心。

我馬上愛上艾格路。那是條長長的街道，兩旁屋子各異其趣，有維多利亞式的排樓、方正的現代式房屋、豪宅和公寓。尤其屋子上掛著許多「出租」和「出售」的招牌。鈕扣解釋過，這些招牌代表不久會有人搬進來。我深信新居民最需要的便是像我一樣的貓。

接下來幾天，我認識了社區裡的貓。當我告訴他們我的計畫，他們紛紛熱心提出建議。我很快就發現，艾格路上的貓大都非常友善。畢竟要在社區生活，鄰居貓好不好，對我來說很重要。那裡有兩隻「貓老大」和一隻漂亮的母貓，他們對所有貓的態度都不好，除此之外，其他的貓大多很好相處。在我最需要時，他們都願意和我分享食物和水。

白天我都在和其他貓聊天，盡可能從他們身上挖出一些事，同時勘察空房，尋找我未來的家。晚上我會去打獵，填飽肚子。

我來到艾格路已快一週，一天晚上，一隻壞心的貓老大發現我坐在一棟我看好的空房外。

「你又不住在這，最好快點給我滾。」他朝我哈氣。

「我才不走。」我鼓足了勇氣，也朝他哈氣。他體型比我高大，而且我也不在最佳狀態。我這段時間歷經煎熬，其實已失去鬥志，但我不能束手就擒。忽然之間，天空傳來一個聲音，我不禁分心向上望，看到一隻鳥低空掠過。貓老大逮到機會，爪子朝我一揮，劃過我眼睛上方。

我哀號一聲，感到一陣劇痛，鮮血馬上流出。我朝貓老大咒罵，他再次逼近，彷彿想要張口咬死我。我內心發誓，從今以後要時時盯著他。

這棟空房隔壁住了隻貓，她是隻亮色條紋貓，名叫虎咪，跟我已是朋友。她突然出現，站到我和貓老大之間。

「夠了，大盜。」她哈氣。大盜作勢還想打，但對峙一會，他便轉身走了。「你流血了。」她說。

「他趁我不注意出手。我剛才只是一時分心，」我不屑地說：「我輕鬆就能扳倒他。」虎咪聽了笑笑。

「聽著，阿飛，我相信你可以，但你現在還很虛弱。總之跟我來，我偷給你一點東西吃。」

我跟著她，心想她會是我在這條街上最好的朋友。

「你看起來很糟。」我心懷感激吃著食物時，虎咪說出了這句話。我告訴自己她這話不是侮辱。

「我知道。」我難過地回答。這是實話。抵達艾格路時，我瘦得不像話——這輩子我還不曾這麼削瘦過，毛皮也不再散發光澤。長期在外生活，讓我營養不足，疲憊不堪。我都不知道自己花了多久才來到這裡，但感覺這段時間非常漫長。季節都變了，現在氣候比較溫暖，夜晚更爲明亮，太陽感覺隨時會露面。

我和虎咪成爲好友後，也漸漸習慣了這條路。每一個角落我都走遍了，整條路都已瞭若貓掌。我知道每隻貓住在哪，他們友不友善。我知道壞狗狗在哪，躲過幾次之後，我就清楚哪幾棟房子一定要避開。我的貓腳踏過了艾格路上的每一道圍欄和牆壁。我知道這裡是我的新家，而且這次，我的家不會只有一處。

6

我坐在原地，看著兩名壯漢從搬家貨車搬下最後一件家具。目前爲止，我對自己所見十分滿意：一張舒服的藍色長沙發，一塊塊柔軟的大坐墊，還有一張時髦的扶手沙發，我雖然不是專家，但那看起來像古董。除此之外，還有衣櫃、抽屜櫃和無數紙箱，但我最有興趣的是柔軟的家具。

我滿意地搖著尾巴，鬍鬚翹高高的，笑得合不攏嘴。我找到了我第一個新家：艾格路七十八號。

搬家工人拿出保溫瓶喝水休息時，我抓緊機會溜進屋子。我對一切充滿好奇，但我一進去便直奔後門。這條路上每一棟房子的後院我都去過，印象中這裡有貓門，但還是得先親眼確認。我的印象一點都沒錯，我眞是聰明。我心滿意足，呼嚕呼嚕鑽出貓門，決定暫時躲在後院。

我在小巧的後院追著影子玩，並找來幾隻飛蟲折磨。我興奮得全身顫抖，決定把全身上下都好好梳洗一番。最後我滿心期待走入屋子，迫不及待重新展開家貓生活。我好想窩在某人的大腿上，地上隨時有一碗牛奶，享用充足的食物。我想要的很簡單，但現在的我已懂得珍惜，不會把一切視爲理所當然。所有事物都不該視作理所當然。

我不笨。我的旅程和遇到的貓咪教會我許多事。我絕不會再把所有鬍鬚放在同一個籃子裡。我這次得到了沉痛的教訓，也可說是血淋淋的教訓。有的貓不是太過自信，就是太懶惰，但我期許自己不能這樣。我雖然想一貓一人相伴一生一世，但這樣太冒險了。我不能再落入之前的處境。我再也不想忍受孤獨。

我寒毛直豎，趕緊將過去幾週的恐怖回憶拋到腦後，並將注意力放到我新主人身上。我希望他們十分溫柔，和家裡柔軟的家具一樣。

我在屋內走來走去時，注意到天空開始變灰，氣溫漸漸下降。我不懂爲何有人會把家具搬進家裡，自己卻不進門。這一點道理都沒有。我還沒見到新主人，但我內心開始有點焦慮。我趕快叫自己放輕鬆，並理了理鬍鬚，讓自己冷靜下來。等到大家走進新家時，我一定要拿出最佳表現。我現在太焦慮了。

問題是我當流浪貓太久，已經不想再流浪了。我又開始焦慮時，終於聽到前門打開。我馬上豎起耳朵，伸長身體。該是時候和新家人見面了。我掛上我最迷人的笑容。

「我知道，媽，可是我又沒辦法。」我聽到一個女生說。她頓了頓。「我來不及都是車子害的，我才開兩小時，那輛破車就拋錨了。我剛才花了三小時跟道路救援人員在一起，他話超多，說實在的，我差點被他煩到發飆。」她又頓了頓。她聽起來人很和善，但顯然是累壞了，我悄悄走近她。「有。所有家具都送來了，鑰匙也照我吩咐投進了前門信箱。」她停頓一會。「艾格路又不是貧民窟，媽，我不會有事。總之今天真的好倒楣，我總算踏進新家了。我明天再打給妳。」

我繞過轉角，正好和這名女子面對面。我不大會判斷年齡，但她應該很年輕；我只能說，她的臉上不像瑪格麗特一樣全是皺紋。她身材高䠷削瘦，有一頭暗金色的亂髮，藍色的眼睛散發憂傷。她給我的第一印象很好，眼中的憂傷深深吸引我。我的貓咪直覺告訴我，她和我一樣，我們都很需要彼此。我和大多數貓咪一樣，不會以貌取人。我們看的是個性。貓咪都有個特殊的本領：我們能分辨誰是好人，誰是壞人。「她是好人。」我馬上想，心裡十分開心。

「你是誰呀？」她語氣瞬間變得柔和。許多人對寵物和嬰兒都會用這種聲音，彷彿我們很笨一樣。我差點露出不屑的表情，但我必須拿出迷人的一面。於是我朝她露出我大大的貓咪笑容。她跪到我身旁，我呼嚕呼嚕緩緩走向她，輕輕磨蹭她的腿。沒錯，我撒嬌起來可不得了。

「可憐的小貓貓，你肚子餓了。而且你的貓毛怎麼了，都糾結在一起了。你是不是打架了？你去打架了嗎？」她聽起來非常溫柔，我喉嚨又發出呼嚕呼嚕聲回應。我最近只看過自己在水中的倒影，但聽虎咪說，我現在樣子很糟。我只希望她不會被我的樣子嚇走，我再次鑽入她雙腿撒嬌。

「哎唷，你好親人。你叫什麼名字啊？」她看了看掛在我項圈上的銀吊牌。「阿飛啊。哈囉，你好，阿飛。」她輕輕抱起我，撫摸我「糾結的」貓毛。我好久沒被人摸了，這感覺簡直不可思議。我感覺自己彷彿在和她建立連結，傳遞著彼此的氣味，這讓我想起小時候。我全身很放鬆，我最近只有在睡夢中才會有這樣的感受。

我再次發出完美的呼嚕聲，緊緊依偎著她。「好啦，阿飛，我叫克萊兒，我很確定買這房子時沒送貓，但我們來幫你弄點吃的。我待會打電話給你的主人。」

我又開口笑了。儘管打沒關係，但電話不會通。我尾巴翹高高，志高氣揚在她身邊走來走去，向我的新朋友好好打聲招呼，她則走回前門，提起兩個塑膠袋，拿進廚房。

趁她拿出塑膠袋中的東西，我好好參觀了我全新的餵食區。廚房很小，但十分現代。白色櫥櫃整潔光亮，檯面是全木製。舉目所及一切都乾淨整齊。我提醒自己，別開心得太早，這裡還沒人住進來。我以前的家（一想到還是令我感傷），廚房非常老舊，東西放得一團亂。廚房被一個巨大的邊櫃占據，到處都陳列著裝飾盤。我小時候意外打破一個，害瑪格麗特好難過，所以我不再靠近它們了。但我不覺得克萊兒有裝飾盤。她看起來不是那種人。

「好啦。」她得意地說，並將倒好牛奶的碗放在地上。接著她打開一個密封袋，放了幾片煙燻鮭魚到盤子上。「哇喔，太豐盛了吧。」我心想。我當然不認爲她會隨身攜帶貓食，但也著實沒想到能大飽口福。今天只要有東西吃，就算單單是牛奶，我也心滿意足。我發現自己很喜歡克萊兒耶。我一邊吃，她一邊從同個箱子拿出玻璃杯，從塑膠袋拿出一瓶紅酒。她倒一杯，大口喝下，然後又倒了一杯。我驚訝地抬起頭。她口一定非常渴。

我吃完，摩擦克萊兒的雙腿感謝她。她有點恍神，但後來她看向我。

「喔對，我要打給你的主人。」她剛才好像一時忘了。我喵喵叫，想告訴她我沒主人，但她聽不懂。她蹲下看我的銀吊牌，在手機撥出號碼，並等了等。我知道沒人會接，但我仍有點緊張。「奇怪了，」她說：「電話不通，一定出問題了。別擔心，我不會把你趕走。你今晚就住這裡，我明天再試試。」

我大聲呼嚕表示感謝，內心大大鬆了口氣。

「但你要過夜就要先洗澡。」她一說完就把我抱起。我嚇得雙耳豎高。洗澡？我是貓，我自己會洗耶。我大叫抗議。「對不起啦，阿飛，可是你好臭噢。」她又補一句：「我去箱子拿毛巾，然後就幫你洗香香。」

我好想從她懷中跳開，再次逃跑，但我忍住了。我不喜歡水，也很懂什麼叫洗澡。好久以前，我有次滿身是泥跑回家，瑪格麗特就幫我洗過澡。那感覺糟透了，但我說服自己，這至少不會比無家可歸更糟，於是我再次下定決心，當一隻勇敢的貓貓。

她把我放在臥室大鏡子前，並去拿毛巾。我看到自己鏡中的倒影忍不住哀叫一聲。我眞以爲那是另一隻貓。我本以爲自己還能見人，沒想到我現在貓毛好幾處都糾結成塊，骨頭向外凸出，全身瘦巴巴的。雖然我盡力打理自己，但克萊兒說的對，我看起來好髒。我突然悲從中來，自從瑪格麗特過世之後，我內外都變了。

克萊兒將我抱起，帶我到浴室，浴缸已裝好水，她輕輕將我放入浴缸。我喵喵連叫好幾聲，稍微掙扎。

「對不起，阿飛，可是你眞的必須好好洗一洗。」她手裡拿著一瓶洗髮精，一臉遲疑。「這洗髮精成分很天然，應該沒問題。喔，天啊，我不確定耶，我從沒養過貓。」她看起來有點煩心。「況且你不是我的貓。希望你主人不會介意。」我發現她流下一滴淚。「事情怎麼會這樣。」我見她哭了，好想安慰她，但我辦不到，因爲我仍泡在浴缸裡，感覺自己像一團巨大的肥皀泡泡。

這澡洗到快天荒地老，她最後總算用毛巾團團裹住我，將我擦乾。

我終於全身乾爽，並隨著克萊兒來到客廳，她倒到新搬來的沙發上，我跳到她身旁。沙發如我所願柔軟舒服，她沒趕我下去，或把我推開。我像有禮的陌生人，靜坐在沙發一端，她坐在另一端。她拿起玻璃杯，喝一小口，嘆口氣。我觀察著她，看她環視房子，彷彿頭一次見到這裡。地上仍堆著待拆的紙箱，客廳中間放了台電視，小餐桌和餐椅隨意靠在角落。除了沙發，整個家仍十分雜亂，還不太有家的感覺。克萊兒彷彿讀懂我的心思，她又喝一口酒，接著嚎啕大哭起來。

「我到底做了什麼？」她聲淚俱下。

雖然很吵，但我見她突然悲從中來，心裡好難過，幸好我知道該怎麼做。我湧起一股使命感，彷彿我的出現正是爲此而來。克萊兒能幫助我，而我可能也能幫助她？我從沙發走過去，窩到她身邊，頭輕輕放到她大腿上。她不由自主撫摸著我。雖然她仍哭個不停，但就像我需要她一樣，我知道她也需要我的安慰。你看，我明白，因爲在那一刻，我們心靈契合。

我又回家了。

7

我已經和克萊兒生活一週，我們找出了舒適的生活模式，但其實不大健康。她經常大哭，因此我常依偎在她身邊，這當然很適合我。我喜歡窩在人類身上，而且之前空白的時間，我都要彌補回來。我只希望自己能做些什麼，讓克萊兒少哭一些。她需要我，我也發誓我會盡我所能幫她。

克萊兒又打了銀吊牌上的號碼，接著她打給電信公司，發現電話號碼已被註銷。她以爲我被拋棄了，這似乎讓她更喜歡我。她爲此哭了一會，說她不懂怎麼有人會拋棄我，也說她感同身受，因爲她和我同病相憐，我還不知道她的故事，但我知道我跟她已成了家人。她開始爲我買貓食和牛奶。她還買了貓沙盆，但我其實不喜歡用。她也說要帶我去看獸醫，幸好只是說說而已。獸醫總會在我身上東碰西碰，所以我合爪祈求，拜託她忘記。

克萊兒雖然常常哭，但她非常有效率。才不過兩天時間，她便將所有家具擺放定位，紙箱也全拆完箱。轉眼間，她已將房子布置得像個家。牆上掛著畫，抱枕散落每個角落，突然之間，每個小地方都充滿了溫暖。我眞是選對人了。

但如我所說，這個家並不快樂。克萊兒之前在拆箱時，我仔細觀察，並努力理解她的故事。她在前廳放了很多照片，並告訴我照片中的人是誰。那裡有她爸媽的照片，有她小時候的照片，她弟弟的照片，還有朋友和親戚的照片。那一刻，她開朗又快樂，見她這麼開心，我也用她喜歡的方式磨蹭她雙腿。我經常爲她這麼做。畢竟她要愛我，我才不會再次淪落街頭。而我也必須愛她，不過我漸漸發覺，愛她一點都不難。

有天晚上，她拿出了一張照片，卻沒向我多說什麼。那張照片中，她穿著白色洋裝，和一臉聰明樣的男人牽著手。我很熟悉人類的大小事，所以我知道這張照片叫「結婚照」，代表兩人在一起，發誓只會和彼此繁衍。身爲貓，這件事我眞是完全看不懂。她一屁股坐到沙發上，將照片緊抱胸口，放聲大哭。我坐在她身邊，也大聲哀哀叫，陪伴她一起哭泣，但她似乎完全沒注意我。後來我眞心大哭起來，前主人過世的悲傷淹沒了我，我和克萊兒一樣哀哀痛哭。我不知道照片中西裝男是離開了她，還是和瑪格麗特一樣過世，但我在那一刻明白，她現在只能靠自己了，就和之前孤苦伶仃的我一模一樣。我們並肩坐著，她盡情放聲哭，我也大聲哀。

過了幾天，克萊兒一早便說要出門工作。她換上俐落的衣服，梳齊了頭髮，氣色看起來好了點。她甚至還在臉上塗顏色，但我覺得不大自然。至於我，雖然才過沒幾天，外表已開始變健康，貓毛愈來愈柔順，體重也漸漸增加，現在我吃很多，但很少運動。我們一起站到克萊兒的鏡子前，我心想我們眞是可愛的一對。就算現在不是，至少未來也會是。

克萊兒雖然有留食物給我，但她去工作時，我好想念她的陪伴，並爲孤獨感到哀傷。我當然有去找虎咪，我跟她感情愈來愈好，會一起出去玩，抓抓蒼蠅，散散步，在她家後院沐浴陽光，但那是貓貓間的友誼。我現在心底明白，我最需要的是值得信賴的人類。

克萊兒去工作時，我想起不愉快的回憶，也提醒自己，該是繼續我計畫的時候了。如果我要確保自己永遠不會流落街頭，就不能只有一個家。這也是貓生悲哀的現實。

就跟克萊兒家之前一樣，我在四十六號也看到了「已出售」的招牌。其實這兩邊我都有關注，但後來是克萊兒先搬進來。我現在發現四十六號也住了人。這棟房子離克萊兒家有一段距離，必須走一小段路才會到。這裡的房子比較大，住附近的貓告訴我，這裡是「高級」地段，他們十分驕傲，甚至有點炫耀。這地方很舒適，分些時間過來住住，感覺滿好的。

艾格路挺特別的，這裡有著各式各樣的房子，生活在這裡的人也是各形各色。我以前唯一知道的房子就是瑪格麗特的家，那是棟非常小的房子，位於一條狹小的街道上。不過，艾格路的其中一端，巨大房屋成排聳立，和我的舊家截然不同。

克萊兒的房子算是大小適中，四十六號的房子則是相當豪華，屋舍更大、更高、更寬，每一面窗都更巨大，充滿氣勢。我想像自己坐在窗臺上，開心俯瞰窗外的世界。由於這房子空間很大，所以我猜這裡住的是一整家人，我十分期待和家庭一起生活。別誤會，我非常喜歡克萊兒，也對她有著深厚的感情。我絕不會拋下她，但我需要更多家，以免我再次無依無靠。

我來到四十六號時還是黎明時分。外頭停了一輛只有兩個座位的光滑汽車，這點讓我有點擔心，因爲這車感覺不太適合家庭。但我心意已決，於是我繼續觀察。我繞到房子後面，太好了，後面有貓門。

我進到一個整潔的空間，裡面放著洗衣機、烘衣機和巨大的立式冰箱。冰箱像巨人一樣矗立在我面前，發出震耳的嗡鳴，讓我耳朵發疼。我穿過一道敞開的門，走進寬大的廚房，裡面有張大餐桌。我感覺自己像是中了大獎。餐桌那麼大，這屋裡一定有很多小孩。大家都知道小孩最愛貓了。我一定會被寵壞。我愈想愈興奮，好想馬上體驗備受寵愛的滋味。

正當我做著白日夢，幻想日後會有多少食物、玩耍和摸摸等著我，一男一女進到廚房。

「我不知道你有養貓。」女人輕聲尖叫。她聲音很尖，像隻老鼠。她看起來一點都不像個母親，我好失望。她穿著緊身洋裝，鞋跟幾乎比我還高。我不懂她到底要怎麼正常呼吸和走路。她也有一陣子沒有好好打理儀容了。我平常不會亂批評人，但我很自豪始終保持自己外表乾乾淨淨的。我開始清理我的貓掌，舔著身上的毛，希望她懂我的暗示。

她聲音很像我和瑪格麗特看的肥皂劇角色。我記得那齣電視劇叫《東區人》*。

我朝男人眨眼，向他問好，但他沒有朝我眨眼。

「我沒養。」男人冷冰冰地回答。我望著他。這個一頭黑髮，身材高大，五官英俊的男人，不怎麼友善地打量我一陣，感覺有點生氣。

「我兩天前才搬進來，剛才才發現後門有個該死的貓門。我等一下就把貓門封死，不然社區裡的皮包骨臭貓全會住進來。」他死瞪著我，彷彿就是在說我。我本能向後一縮。

我不敢相信自己的耳朵。這人太糟了。這裡沒半個小孩，也令我失望了。廚房沒有任何玩具，這兩人感覺也無法照顧貓或小孩。我全搞錯了。貓咪的直覺看來也沒多準。

「喔，強納森，」那女的說：「別那麼壞心。這貓很可愛啊，而且他可能餓了。」我真後悔，剛才還亂批評她，這女人也許很邋遢，但心地很善良。我內心漸漸燃起希望。

「我對貓一無所知，也完全不想了解。」他語氣很跩。「但我倒是知道，一旦給了食物，貓就會再來，所以我才不要給他食物。總之我要上班了。我送妳出去。」

強納森帶她走向門口時，那女人看來和我一樣失望。我捲起身體，試圖擺出我最年輕可愛的模樣，等著迎接他走回來。但如我所料，他沒有融化，只是把我抓起，直接丟出門（紮紮實實地丟）。我四腳落地，慶幸自己沒受傷。

「新房子，新生活，不要該死的新貓。」他說完重重甩上門。

我抖了抖身子，氣得半死。這男人怎能這樣對我？我也為他攆出門的女人感到難過。希望他對她沒有這麼粗暴。

---

*《東區人》英國長篇電視肥皂劇，至今已播出超過五千集。

照理來說，我應該放棄四十六號才對，但我不想輕言放棄。我相信強納森只是面惡心善。以我貓咪的第六感來判斷，我覺得與其說他壞心，不如說他的生活很悲慘。畢竟在那個女人離開後，他顯然是一人孤零零的，我懂那感覺有多可怕。

我趕回克萊兒家，趁她上班前去找她。我看得出她剛才在哭，因爲她在臉上抹上厚厚一層妝掩飾。她將自己打扮美麗後（比我梳理毛的時間還久），餵我吃飯，並摸了摸我，接著便抓起包包，再次出門。我陪她走到門口，用身體摩擦她雙腿，喵喵叫著，想告訴她我會陪在她身邊。

我希望能爲她多做點什麼，讓她感覺好一點。

「阿飛，沒有你我該怎麼辦？」她離開前對我說。我用舌頭理了理毛。被強納森狠狠拒絕後，知道有人喜愛我，讓我感覺很開心。我愛上了這名悲傷的年輕女子，心知自己必須幫助她。大家常會罵貓很自私，以自我爲中心，但根本就不是。我是隻樂於助人的貓。我心地善良，充滿愛心，我現在的新任務便是要幫助人們。

我其實不該再去四十六號找強納森，但冥冥之中，有股力量帶領我過去。瑪格麗特以前說，生氣的人其實只是內心不快樂，她真的是我所認識最聰明的人。我剛搬進家裡時，愛格妮絲就常常生氣，瑪格麗特說她只是擔心自己會被我給取代了。愛格妮絲和我關係變好之後，也跟她確認了這點。到那時我也才明白，憤怒和不快樂關係密不可分。

於是我回到四十六號。汽車不在門口，所以屋裡沒人。我大膽鑽入貓門，四處逛一逛。我果然沒錯，房子很寬敞，彷彿能容下一家人，但仔細觀察，這裡是個單純的男人窩。屋裡沒有柔和的布置，沒有花紋，沒有粉紅色。屋裡每一寸都光滑乾淨，不是玻璃，就是鍍鉻。我在旅行途中，曾在時尚的家具店櫥窗見過類似他家的這款沙發，是金屬骨架和奶白色布面組合，絕絕對對不適合小孩，事實上，這沙發也不適合貓。但在沙發上來回走了幾次後，我覺得挺不錯的。我的腳腳很乾淨，所以我可不是在調皮搗蛋，純粹是想試試沙發的觸感。我走上樓，發現有四個房間，有兩間裡面有床，一間像是辦公室，最後一間堆滿紙箱。這棟房子完全沒有個人布置的痕跡。沒有快樂的照片，除了家具之外，看不出有人入住。整棟房子冰冰冷冷，就像那座恐怖的大冰箱。

我想強納森這人恐怕對我是個挑戰。畢竟我靠自己支撐了這麼久，很知道自己的極限。這人顯然不喜歡我，甚至不喜歡任何一隻貓，但我也不是沒碰歷過這種事。我又想起了愛格妮絲，她那接近黑貓的面孔浮現在我腦中，讓我泛起笑意。我好想念她，這感覺很像是我靈魂缺了一角。

愛格妮絲和我的個性天差地別，她是非常溫柔的老貓，大部分時間都會坐在窗邊專屬軟墊上，看著世界運轉。

我剛到家裡時，完全是個愛玩愛鬧的小毛球，她馬上就看不過去，大大生氣了。

「你別想待在我家。」她初次見面就朝我哈氣說。她有一、兩次想攻擊我，但我動作太快了，瑪格麗特也會訓她一頓，並對我加倍呵護，又是給我零食，又是給我玩具。一陣子之後，愛格妮絲決定只要我不吵她，她就勉強接受。後來，我慢慢贏得她的心，得到她的認可。等獸醫說她要去貓天堂時，我們已經是相親相愛的一家人。愛格妮絲會像媽媽在我出生時那樣替我舔舔梳毛，我一回憶她便心痛。

想起愛格妮絲剛開始那麼有敵意，我就覺得如果當初我都能融化她的心，那強納森應該只算是小貓餅乾一碟？

我晃來晃去，好奇他家空間這麼大要幹麼，逛完之後，我決定去外頭找個禮物送他。雖然我閒暇時間不愛打獵，但我想和他交朋友，而這是我唯一知道的方式。

我在街上的貓貓朋友對這事的態度不一。有的會天天帶禮物回家，但有時他們的主人會生氣。其他貓咪和我一樣，只在適當的時機才帶禮物回家。畢竟這代表我們很在乎。我覺得強納森應該喜歡打獵，他看起來很像貓老大，所以我相信他會喜歡禮物。他會發現我們其實是有共同點的。

我去找虎咪，邀請她一起來。

「我在睡覺。你爲什麼不能學學正常的貓咪，晚上再打獵？」她嘆口氣，心不甘情不願答應了。

她說的對，貓咪通常是晚上才會打獵，但我偏好白天出門，依照我在街頭打滾的經驗，白天其實也找得到獵物。我低身潛行，不久便找到一隻肥嫩多汁的胖鼠。我馬上伏低身子，準備好之後，一撲而上。胖鼠來回奔逃，害我一時之間難以抓住。我東衝西衝，貓掌拍來打去，但胖鼠從我的爪下溜走。

「你眞的很不會打獵。」虎咪站在一旁哈哈大笑。

「妳還不來幫忙。」我喘氣說，她聽了又大笑。好不容易，在我失去耐心前，胖鼠總算體力耗盡。我再向前一撲，終於逮到牠。

「妳想跟我一起拿去強納森家嗎？」我問。

「好啊，我想參觀你的第二個家。」虎咪回答。

我希望強納森喜歡我，所以我決定不要把胖鼠的頭咬掉。我小心翼翼叼著牠，鑽過貓門。我將胖鼠放到前門口，他一進門就看見，絕對不會錯過。我有點希望自己會寫字，因爲我會寫的話，就會留下這樣一段訊息：「歡迎搬進新家。」我現在只能希望他會收到我的心意。

8

虎咪和我後來在樹叢裡鑽來鑽去，玩著落葉，等待強納森回來。我回到七十八號時，時間已經晚了。隨著天漸漸變黑，我肚子也餓了。獵到的胖鼠我拿去送人了，算是從早餐後便沒進食，雖然捨不得走，但我還是回到克萊兒家。

我鑽過貓門時，發現她在廚房。

「你好，阿飛。」她說著彎身摸我一把。「你今天跑哪去啦？」她問。我呼嚕一聲回答她。她從櫥櫃拿出一個罐罐，並打開貓用牛奶。

「感謝招待。」我心裡默念，並埋頭開吃。我吃完之後，一邊清理我的鬍鬚，一邊看克萊兒收拾。我每天都更認識克萊兒一點。雖然她鬱鬱寡歡，但她非常愛乾淨，難怪她逼著我洗澡。她的水槽和檯面絕不容許堆放任何空杯，每一件餐具都會洗淨歸位，她的衣服也一樣，房內更是一塵不染。她經常擦拭屋內每一個表面，我是覺得有點太過頻繁。她爲我買了特別的碗，放在地上給我吃飯，但我一吃完，她就會將碗拿起，馬上洗乾淨，並會朝地板噴清潔劑清理。我算是非常講究個人衛生的貓，但和克萊兒在一起，我會比平時更常清理自己。我不希望她覺得我不配待在她一塵不染的家中。尤其我絕不想再洗一次澡。

她告訴我她在大公司上班，做著叫「行銷」的工作。她每天下班回家，便會先洗澡。她老是抱怨倫敦的灰塵，接著她會換上睡衣，倒杯酒，坐到沙發上。她這時通常會開始哭。在這段簡短的相處日子裡，我發現這已成爲她的固定模式。

她有吃，但吃不多，我發現她快變成皮包骨，像我剛來這裡一樣。我知道我必須試著讓她吃多一點，但卻不知道該怎麼做。她會拿漂亮的杯子喝很多東西，她冰箱裡總會冰著一瓶酒，每晚都會喝光。我不禁想起威脅要把我吃掉的酒鬼。我知道她不像他們，但鈕扣有解釋過人類喝醉的事，我覺得克萊兒幾乎每天晚上都有一點醉，畢竟她通常是幾杯下肚之後才會開始哭。雖然我常安慰她，但無論我怎麼做，她都無法停止哭泣。我好難過，因爲我唯一的心願是讓她重拾笑容，或者至少不要再哭了。

這幾天，我試過「躲在窗簾後面」，想逗她笑，但她只把我當空氣。我有次甚至故意從窗臺跌下，還痛得嗚咽一聲，看她會不會破涕爲笑，結果她也沒注意到。我曾和她一起哭，用溫暖的頭摩擦她，朝她呼嚕呼嚕，給她我珍貴的尾巴玩，但全都沒用。她陷入悲傷時會與外界隔絕，連我也不例外。

夜裡她上床睡覺時，我會去睡在她旁邊的扶手椅上。她替我在上面鋪了塊毛毯，所以十分舒適，這代表我能照看著她。我偶爾會打個盹，但大多數時間我會看著她睡覺，試著讓她感受到她不是獨自一人。早上她鬧鐘響起，我會輕手輕腳跳上床，舔舔她鼻子。我希望每天早上她睜開眼睛時，能和我一樣都感覺到自己是被愛的。

但有時我仍爲自己難過。擔心克萊兒讓我心好累，但我希望自己能堅持下去，並找到方法。答案一定在某處。

一天，我們進到客廳，她拿著玻璃杯，我叼著她好心爲我買的貓薄荷玩具，這時門鈴突然響起。她神情驚訝，起身去開門。我緊跟著她替她壯膽，身體摩擦著她的雙腿。站在她家門口的是個男人。起初我以爲是照片中的男人，但仔細一看並不是，可是這男人的照片我看過，他是克萊兒的弟弟提姆。只是她看到提姆來並不怎麼高興。

「眞沒想到，妳這樣子也太老套了吧。」他說。

「你在說什麼？」她不客氣回答。

「單身女子和一隻貓。對不起，克萊兒，我只是在開玩笑。」他笑了笑，但她沒陪笑，我也是。我們一人一貓站到一旁，讓他進來，並跟著他進客廳。

「你來幹麼，提姆？」她比了比椅子。我待在她身邊。

「我不能拜訪自己的姊姊嗎？」他回答。他伸手想摸我，但我背一弓，從他手下逃走。我不確定他是朋友還是敵人。「這傢伙是誰？」他問。

「阿飛，他住這裡。總之，你要來幹麼不說一聲？你又不是剛好經過而已。」

「我離這裡也才一小時半的車程，克萊兒，我就臨時想要來啊。」

克萊兒一邊打量他，一邊坐入扶手椅。我跳到她大腿上，高傲地瞪著提姆，但我不確定自己有沒有成功。畢竟我太可愛了，要耍狠也耍不起來。不管是人或貓都常常不把我當回事。

「那你幹麼不至少先打通電話來？」她追問。

「好啦，我們別一直扯這個。妳不替我倒杯水喔？」他問。她堅定地搖搖頭。

「是媽叫我來的。她很擔心妳。妳知道，史帝夫離開妳不到半年。妳把房子賣了，離開爸媽，搬到離家車程四小時的地方。拋下朋友和工作，跑來倫敦。倫敦也不是多友善的城市。妳從沒在這生活過，誰都不認識。我們當然會擔心，根本是擔心死了。媽都要睡不著了。」

「你們不用擔心。你看我，我很好。」她表情和語氣都充滿憤怒。

「克萊兒，我**有**看到妳，妳感覺一點都不好。」

克萊兒嘆口氣。「提姆，我一定要離開，這你不能理解嗎？史帝夫為了另一個女人拋下我，他們就住在舊家同一條路上，更別說還是在爸媽家附近。我如果留下來，天天都要見到他們，我根本受不了。你們應該為我感到驕傲。他想離婚，我馬上就答應了。我不吵也不鬧。我賣掉舊家，替自己找個好工作，買下這棟房子。雖然心碎成千萬片，我仍獨自完成了這一切。」她頓了頓，擦去臉頰上的眼淚。我緊緊依偎著她。

「這當然很好，克萊兒。」提姆語氣也軟下來。「可是我們擔心妳實際的狀態。妳事情都處理得很好，但妳不快樂，媽覺得妳跑太遠了。妳能幫我個忙嗎？找個週末回家一趟，讓她安心？」

我覺得這是個好主意。克萊兒可以去見見家人，我也會有機會四處探索，不用再擔心她。我這樣算自私嗎？希望不是。

「聽著，提姆，不如這樣。你答應我，跟媽說你覺得我沒事，那我就會找個週末回去。」

「沒問題，姊，就這樣，但還有件事。我開長途車回家之前，妳能至少替我泡杯茶嗎？」

我發覺他算是和克萊兒同一國，便決定和提姆交朋友。我們一起玩了我的玩具，我喜歡他不在乎面子，會趴到地上來摸我。於是我翻肚肚，四腳朝天，讓他揉一揉我的肚子，這也是我最喜歡的事。我們玩耍時，他囑咐我要好好照顧他姊姊，我試著向他表達一言為定。我感覺自己肩負重責大任，但我願意承擔。我們向提姆揮手道別時，我想到待會不知道能不能去看強納森回家沒，但克萊兒一把將我抱起，帶我到床上。

9

凌晨時分，天還沒亮，我再次回到四十六號。克萊兒告訴我，她今早要提早出門工作，雖然她有替我留食物，但她沒空多摸摸我，便衝出家門。我忍住內心的不高興。人類就是這樣，比起貓咪，他們有太多事情要顧。但無論如何，這更加深了我的信念，我需要更多人來照顧我。

我鑽進了貓門。屋子好安靜，氣氛甚至有點詭異。房子裡面也一片漆黑，所有窗簾和百葉窗都已關起。貓咪是夜行性動物，所以在漆黑中仍看得很清楚，也能依靠其他感官辨識方向。無論室內或室外，我都是躲避危險的高手，家具、樹木和其他動物都難不倒我。

我想像一下，如果我是強納森，我在過著什麼樣的生活。我擁有巨大的空間，卻孤獨一人。我覺得這一點道理都沒有。我舊家的那個貓籃，只要把頭靠著籃子邊邊，身體蜷成一團，就能無比舒適。要是籃子再大一點，那感覺就不對了。其實我最喜歡的是和愛格妮絲前嫌盡釋，一起睡在貓籃的那段日子。我和她依偎在一起，溫暖又舒服，感覺眞好。我每天都想念那樣的生活。我不知道強納森有沒有過同樣的感受？不知道昨天那個女人留宿會不會就是爲了這原因？他們像我和愛格妮絲一樣窩在一起嗎？我想大概有吧。但我覺得他對她不好的話，她是不會回來了。

我坐在一樓樓梯口。強納森家有許多問題，其中一點是他家沒地毯。整片木地板對貓來說確實很好玩（我已經學會用屁股溜來溜去），但木地板很冰冷，我還是喜歡有地毯可以抓抓。他家除了窗簾能抓之外，每樣東西都堅硬死板，一點都不好玩。但回過頭來想，這棟房子本來就不是給貓住的，只不過我仍深受吸引。

我等到花兒都謝了，強納森總算出現在樓梯上。他身穿睡衣，頭髮凌亂，疲倦又邋遢。有點像我舔毛整理之前的樣子。他停下腳步，直直瞪著我，一臉不悅。

「拜託告訴我，我門墊上的那隻死老鼠不是你留的。」他生氣地說。

我好好發出一聲呼嚕，彷彿在說：「不客氣。」

「去你的臭貓。我記得我說過，這裡不歡迎你。」他繞過我直接走進廚房，表情和語氣都充滿憤怒。他從櫥櫃拿出馬克杯，按了按機器上的按鈕。我看著咖啡注入杯中。他走向有如太空船那般大的冰箱，拿出一瓶牛奶。他將牛奶倒入馬克杯時，我期盼地舔了舔嘴。但他不理我，於是我大聲喵了一聲。

「你別以為我會倒牛奶給你喝。」他凶巴巴說。

說眞的，他眞的很會欲擒故縱。我又喵一聲，表示抗議。

「我不要養寵物。」他繼續說，並喝了一口咖啡。「我需要平靜和安寧，好好安頓下來。」我豎起耳朵，表示自己有興趣。「我不需要臺階有死老鼠，非常感謝，我不需要有誰來破壞我的平靜。」

我又呼嚕一聲，這次想贏得他認可。

「回來鄉下住已經夠糟了，這裡冷得要死。」他盯著我，彷彿在跟人說話。如果可以，我會回答他，這裡沒那麼冷，因為現在是夏天。不過，他繼續說：「我想念新加坡。我想念溫暖，我想念以前的生活模式。我犯了個錯，就這樣。回到這裡，沒工作，沒女友。」他頓了頓，又喝一口咖啡。我雙眼瞇起，他繼續說：「喔，沒錯，我工作一丟，她馬上就甩了我。三年來，我幫她付多少錢，她連安慰我一天都不肯，直接閃人。對，我很幸運，錢還夠買下這棟房子，但別騙人了，這裡連該死的切爾西都不算，對不對？」我不大知道「切爾西」是什麼，但我試著露出理解的表情。

他這番話，我聽了內心一陣喜悅，尾巴高舉，十分得意。我說對了，他不是脾氣暴躁，他只是難過和寂寞，但話說回來，他脾氣確實不好。但我看到了機會，儘管渺茫，仍舊是機會。強納森需要朋友，而我這隻貓剛好是個非常好的朋友。

「我幹麼跟隻該死的貓說話？你又聽不懂。」他一口喝完咖啡時，我心想他眞是有所不知。爲了表示我眞心理解，我磨蹭他的雙腿，給予他內心渴望的情誼。他一臉驚訝，但沒立刻抽走。我決定放手一搏，於是我跳到他腿上。他神情詫異。但正當他態度要軟化時，突然轉而發起脾氣。

「好了，我要打給你主人，叫他們來接你。」他氣呼呼說。他輕輕拿起我的銀吊牌，然後和克萊兒一樣，打了電話。電話不通時，他嘖了嘖，一臉煩躁。

「你到底住哪裡？」我朝他歪頭。「聽著，你必須回家。我不可能耗一整天處理你。我要去找工作，還要把貓門封了。」他凶巴巴瞪著我，然後就走開了。

但我感覺更高興了。首先，他開始和我說話，這是好跡象，其次，他沒把我攆出家門。他明知道我還在他家，卻只是走開而已。也許他漸漸喜歡上我了。我眞的覺得這男人是刀子嘴豆腐心。

我小心翼翼隨他上樓，但只是獨自四處查看，沒去妨礙他。我想知道更多關於他的事，所以我偷偷觀察他。

他身高很高，體形不胖。我很爲自己外表自豪，看來強納森也是．我們這點確實一模一樣。他在臥房旁的房間洗了好久的澡，他出來時打開了系統式長衣櫃，挑選了一套西裝。他換好衣服之後，一身俐落清爽，很像瑪格麗特愛看的黑白老電影中的男人。她說他們「斯文帥氣，男人就該這樣」。不得不說，強納森就是她喜歡的那型。

我靜靜下了樓，小心不讓他察覺，接著再次坐在樓梯口等待。

「你還在啊，阿飛？」他說，但他口氣已不像之前那麼有敵意了。

我喵一聲回答。他搖搖頭，但我內心一陣溫暖。他居然叫我的名字！

他走到樓梯下的櫥櫃前，從一排黑色光亮的皮鞋中選了一雙。他坐在樓梯上穿好鞋。接著從衣帽架拿了件外套，然後到門廳邊桌拿鑰匙。

「好了，阿飛，我想這次你可以自己出去，拜託我回來時，別再讓我看到你，也別再帶更多死動物來。」我們都走出門之後，他關上門，我開心伸展一下腳腳。我確實知道自己能幫上強納森。他內心悲傷、憤怒又寂寞，像克萊兒一樣，他非常需要我的陪伴，只是他自己還沒意識到。

他態度漸漸軟化了，而且進展飛快。我思索自己要怎麼做才能贏得他的心。雖然他嘴上說不要，但我發現他頗期待收到另一份禮物。但這次不要老鼠，要漂亮一點的。鳥！對啦，就是這個，我會送他一隻鳥。畢竟送一隻死鳥就像是大聲說出「我們當朋友吧」！

傍晚時分，和之前胖老鼠一樣，我將鳥放到門墊上。強納森一定會理解我想和他當朋友。我心情愉快，決定走到街道盡頭曬曬太陽。天氣不算炎熱，但找對位置的話，能好好做個日光浴。我發現一塊陽光普照的空地，空地正對著獨棟雙併兩戶的醜陋現代公寓。兩戶的正門並列，外觀一模一樣，門上寫著二十二A和二十二B。

兩戶門口都立著「已出租」的牌子，牌子上的標誌在這條街上很常見。我享受陽光好一會兒。兩間的住戶都還沒搬進來，我決定之後再回來探一探。我知道有人不久會搬來。畢竟，目前生活仍不穩定。克萊兒愛我，但她白天不在家，週末也會出門。強納森的話，雖然我很努力，但成敗還是未定數。我需要更多選擇。

我能自力更生，但那種生活不適合我。我不想當野貓，也不想打架。我想窩在別人的大腿上，或躺在一塊溫暖的毛毯，享用著罐罐、牛奶和人類的愛。那才是真正的我；我無法改變，也不想改變。

過去幾個月，那些寒冷寂寞的夜晚至今仍記憶鮮明。我那時分分秒秒都感受著恐懼、飢餓和疲倦。我這輩子無法再面對同樣的遭遇，這段經歷我永遠不會忘記。我需要一個家，我需要愛和安全感。這才是我最想要、最渴望的事物，其他我別無所求。

太陽漸漸西下，我漫步回家。我想著貓生多有趣。愛格妮絲過世時，我感覺好孤單，最後還生病了。我思念到不吃、不喝也不尿，於是瑪格麗特帶我去看可怕的獸醫。獸醫凱西說我尿道感染了。她東摸西摸之後說，這是悲傷害的。瑪格麗特很驚訝，她沒想到貓和人類有一樣的情感。也許不是完全一樣，但也很嚴重。我爲愛格妮絲難過，結果身體出了問題。克萊兒在爲西裝筆挺的史帝夫難過，強納森則在爲那個「新加坡」難過。我在他們身上看到我之前經歷過的悲傷。所以我決定要陪伴他們，但凡是隻好貓貓，就一定會這麼做的。

10

我中午去找虎咪，想帶她去看二十二號公寓。我們散步過去（只要不是急事，虎咪就不會用跑的），我們中途只停下來逗一隻醜大狗，牠被關在屋子的前院。我們玩的遊戲是直接走到柵門，將一隻貓掌伸進欄杆間，讓大狗撲來，然後我們會趕快向後跳開。我們玩得不亦樂乎。大狗氣炸了，牠瘋狂吠叫，對我們齜牙咧嘴。超好玩。我覺得這遊戲永遠都玩不膩，但最後虎咪不想玩了。

「我覺得我們耍牠耍夠了。」她說。我朝大狗嘻嘻一笑，我倆便漫步走開。要不是大狗被關住，一定會馬上追來，把我們追到只剩半條命。這世界就是這樣。

我們到二十二號公寓時，公寓仍空蕩蕩的，但在走上屋子前的小草坪時，虎咪稱讚了我的選擇。逛一下之後，我們決定走後巷回家，這樣就能走在圍欄上，轉換一下視野。除此之外，我們還跑去追了一下怪鳥。真是個美好的下午。

我回到家打盹，等待克萊兒回來，這讓她十分開心，還給了我燦爛開朗的笑容。

「阿飛，今天晚餐我們有客人。」她聽起來好興奮，還先去洗了個澡。她下樓時沒換上睡衣，反而穿著牛仔褲和毛衣。她做飯時雖然倒了杯酒喝，但這次卻沒流淚。她從冰箱拿出食材，放到平底鍋上，順便餵了我，也摸了摸我。她輕輕哼著歌，我是頭一次看到她這麼高興，不知道是不是照片中的男人回心轉意了。我既期待又害怕。

門鈴響起，她衝去開門。門一開，我看到一個和克萊兒年紀相仿的女人站在門口，手裡拿著鮮花和紅酒。

「嗨，塔夏，請進。」克萊兒露出微笑。

「嗨，克萊兒，妳家好漂亮喔。」塔夏語氣充滿驚喜，走了進來。

我看著塔夏脫下外套，克萊兒問她要不要喝紅酒，兩人坐到了小餐桌。

「妳是我第一個客人。」克萊兒說。這話讓我覺得有點小受傷，我才是她第一個客人，對吧？

「來乾杯吧，歡迎來倫敦！下班之後還能見面眞好。」

「上班一直都忙成那樣嗎？」克萊兒問。

「對，還有更忙的時候！」塔夏大笑，我立刻喜歡上她。我走到桌下，磨蹭她的腿。她溫柔地撫摸我的尾巴。我超喜歡這樣摸摸！我希望克萊兒和塔夏能成爲朋友，這樣我也能和她當朋友。

我的直覺沒錯，塔夏來玩對克萊兒是好事，她吃得比較多了，我希望她情緒漸漸穩定。我不再爲愛格妮絲心傷之後，胃口便回來了，也許她也會這樣。

「所以妳爲什麼會來倫敦？」塔夏問。

「說來話長。」克萊兒回答，她又替彼此倒了更多酒，才娓娓說起。

我靜靜待在桌下，靠著塔夏溫暖的腿，聽克萊兒述說她的生活。她說著說著，語氣出現起伏，但她沒有哭，起初是很難過，後來則是生氣了，最後又開始難過。

「我和史帝夫交往三年之後嫁給了他。我們一搬進新家，他便向我求婚，所以我們先是同居了一年。」

「妳什麼時候結婚的？」塔夏問。

「差不多一年前。老實說，我談戀愛並不順利。我媽常說我是大器晚成。我其實到大學才交到男朋友！我想我都在讀書吧。但後來我遇到史帝夫。那時我住在德文郡的艾希特，在行銷顧問公司工作，是在一個派對上遇到他。他長得很帥，人也很好。我馬上愛上他。」

「好。」塔夏喝完酒，又倒了一杯。

「我覺得他是完美的男人，幽默、心地善良又充滿魅力。他求婚時，我覺得自己好幸福。我當時快三十五歲了，眞的很想生小孩，他也答應。我們說好先結婚，去度個蜜月，接著會試著生孩子。」克萊兒拭去眼角的淚水。我從未見過她如此堅強，但餐桌上瀰漫著悲傷。

「妳確定想跟我說嗎？」塔夏輕聲問。克萊兒點點頭，喝了一口酒才繼續。

「對不起，但我沒跟太多人說過。」

「沒關係，別道歉。」塔夏和我的想法一模一樣。

「但婚禮後大約三個月，他像是換了個人，變得鬱鬱寡歡，脾氣暴躁，我每次問有什麼問題，他就直接凶我。後來我雖然是在自己家，卻連一個字都不敢說了。」

我聽著克萊兒的故事，內心百感交集。有悲傷，有憤怒，也有對她最真摯的感情。要是我遇到這臭男人，肯定要把他的臉抓爛。要知道平常我可沒這麼暴力。

「結婚大概八個月後，他說他犯了大錯。他愛上別人了，並要離開我，搬去和對方同居。我知道她是誰，她在他去的健身房工作。不意外，對吧？」

「眞是個爛人。」塔夏說。

「我知道，但我覺得自己像個白痴。我眞心覺得他是眞命天子，他搞不好瞞著我出軌好久了。這就是我搬來倫敦的原因。他們住在我舊家附近。艾希特是個小城市，知道自己隨時都可能遇到他們。我眞的受不了。」我終於理解克萊兒爲何搬來這裡，爲何時常哭泣。這些都只讓我更愛她了。我想跟她照顧我一樣，也好好照顧她。

「有時我覺得人永遠無法眞正認識另一個人。」塔夏語氣悲傷。

「對不起。」克萊兒突然坐直，振作起來。「我們都沒聊到妳的事。妳說妳丈夫叫大衛？」

「政治正確的說法是，男友或『伴侶』。我們交往十年了，兩人都不想結婚，但我希望這只是因爲不想，而不是感情出問題。我們很快樂，目前沒有小孩，但明年會考慮。大衛太愛足球了，在家常把東西亂丟。但我也常把他逼瘋，我們還算處得來囉。」塔夏表情甚至略帶歉意。

「眞爲妳高興，這也代表這世界還有希望。」克萊兒笑著說。我發覺克萊兒雖然在爲史帝夫難過，但她其實很孤單，塔夏或許也能陪伴她。我知道她有我了，但她當然也需要人類朋友。我不會那麼自以爲是。

「聽著，我有參加讀書會。不是認眞的那種，我們都在喝酒聊八卦，書反而聊得不多，妳要不要一起來？這樣妳就能認識新朋友，而且不是我在說，大家都很可愛。」

「好啊。我需要重建我的生活，所以我才會來這裡。」

「乾杯，」她舉起酒杯：「敬新的開始。」

我很清楚人類不喜歡我跳上桌子，但我忍不住。我跳到桌上，伸出爪爪去碰酒杯，我也要一起乾杯。她們望著我，失聲大笑。

「妳家的貓好厲害。」塔夏說著大大揉我一把。

「我知道，他是買房子送的。不過阿飛，你不能跳上桌喔。」但克萊兒沒生氣。她笑了笑，我也咧咧嘴，跳下餐桌。

她們看起來好快樂，我覺得自己該去拜訪新朋友強納森了，看他有沒有收到我的新禮物。她們說說笑笑，絲毫沒察覺我鑽出貓門。看來塔夏讓克萊兒十分開心，我也覺得心滿意足。

我穿越後院，走向四十六號。外面天已經黑了，氣溫驟降。之前欺負我的貓老大想嚇我，但我用盡全力朝他一叫，他便向後退開。反正他太胖了，根本追不上我。我鑽過貓門，走進強納森一塵不染的廚房。屋內一片漆黑，但不久我發現他坐在客廳沙發上，面前放著一台電腦，螢幕中有個男人的臉，感覺他們兩人在對話。

「謝了，兄弟，感謝幫忙。」強納森說。

「小事情。」那人說英文，但口音很怪。他看起來跟強納森同歲，但沒那麼帥。

「能找到工作，我很感激，我真的受不了無所事事。」

「這當然比不上知名金融投資公司，但是家好公司，很適合你。」

「你如果哪天來英國，我請你吃飯。」強納森說。

「你來雪梨也一樣。總之下次見。」

強納森合上筆電。換我登場了，我抬頭挺胸，尾巴威風高舉在空中。我姿態優雅，緩慢邁著步伐，一腳踏在另一腳前，直直走向強納森。

他深深嘆口氣。

「又是你。我猜那隻死鳥又是你留的？」他聽起來沒像上次那麼生氣。我就知道他會開心。我歪著頭，朝他喵一聲。我相信他非常喜歡那隻鳥。

「貓怎麼都不懂，人類不希望收到死動物？」我好奇望著他。這我當然理解，但我知道強納森跟貓一樣。我看得出來他喜歡追逐和狩獵。他雖然不承認，但我確定他開始喜歡我送的禮物了。他站起來。

「不然這樣好不好？我餵你吃東西，你可以別再煩我嗎？」我又歪頭。這次也一樣，我知道他不是這個意思。「搞不好就是這樣。我不餵你，你反而會回來，所以說不定你個性正好相反。」

我完全聽不懂他在說什麼，但他走向冰箱，拿出幾隻明蝦，放在碗中給我吃。

接著他倒了一碟牛奶。

「我今天心情好，所以才特別招待你。我找到工作了。」我欣喜若狂，專心享用面前的大餐。他走回冰箱，拿出一個瓶子，打開來喝。「眞是鬆了口氣，我還以爲自己永遠找不到工作了。」他打了個寒顫，我則繼續吃。

「我到底怎麼了？」他問。「居然在跟該死的貓說話。這是第二個徵兆了，我肯定是瘋了。」我腦中閃過一個疑惑，第一個徵兆是什麼。

我吃完之後，將爪爪舔乾淨，發現他還在一邊喝啤酒，一邊看著我。我整理好儀容之後，走去摩擦他雙腿以示感謝，接著我馬上離開。

我把這男人的脾氣摸透了。我不希望他覺得我太黏人。大男人都不喜歡別人太黏，這也我是從肥皀劇學到的。總之，瞧我現在多厲害，原本還孤苦無依，傷心欲絕，不知所措，結果現在呢，我挺過了街頭生涯，還多了兩個新朋友要我照顧。眞希望瑪格麗特和愛格妮絲在某處看著我，並爲我感到驕傲。

想到我以前的生活，我又不禁一陣感傷，但除此之外，在回克萊兒家一路上我都內心喜孜孜的。今晚不但是吃了兩頓晚餐，還確認了強納森也喜歡我，再過不久，他那個巨大的屋子也能算是我家了。

我得思考思考接下來週末的事。克萊兒告訴我她要去探望父母，但她會爲我留下食物。我會很想她，但我也很高興她回老家，讓我能有機會好好和強納森培養感情。我相信只要多跟我相處，他是絕對無法抗拒我的魅力。畢竟我當初只花幾天時間，就征服了愛格妮絲，她可是比強納森更難搞和固執。

11

克萊兒收拾東西時，我發現她很緊張。她一直咬著嘴唇，不時會坐下，好像雙腿站不住一樣。我觀察力很敏銳，判斷她這狀況應該是怕遇到史帝夫那爛人和他女友。除此之外，克萊兒的生活一切都算順利。她和塔夏成爲好朋友，也決定下週要參加讀書會。她現在在看一本書，故事是關於一個女的計畫殺死丈夫。克萊兒說要是她沒離婚，這本書可能會帶給她一點靈感，畢竟這比離婚便宜太多了。我最希望的是克萊兒能重拾快樂。我現在甚至覺得自己的幸福是和她綁在一起。

和克萊兒相處幾週，我已經愛上她了。我知道是因爲我深愛過愛格妮絲和瑪格麗特。瑪格麗特有著美麗的靈魂。就算她受挫，臉上總是掛著笑容，而且即使她需要很多幫助，她仍願意給予別人幫助。她影響我很深，也讓我成爲現在這樣的我。

克萊兒需要我的愛，我當然也義不容辭。她打包時，我緊依著她，特別多磨蹭她幾下，讓她知道有我陪著她。揹著背包下樓後，她轉向我，將我抱起。

「我離開這幾天，你確定你不會有事嗎？」她眼神透露出擔憂。

我歪了歪頭，彷彿在說「當然」。

「我留了很多食物，你要照顧好自己。我會想你的。」她親吻我的鼻尖，這是她頭一次這麼做。我發出呼嚕聲，好好感謝她。

汽車喇叭聲響起，她好好摸了我最後一把便走出門，將門上鎖。我希望她不會有事，也希望爛人史帝夫不會破壞她的週末。接著我便出門了。

我跟在街上玩的兩隻年輕的貓打招呼，然後走到艾格路的另一頭，觀察這兩戶公寓。我正好奇有沒有人搬進來時，就看到二十二A門口站著一男一女。我馬上停下來。女人胸前掛個東西，仔細一看，好像是個在哭鬧的嬰兒。男人一手摟著她。她非常美麗，身材高䠷，一頭長金髮，還有雙綠色的眼睛，老實說，她的眼睛連貓咪看了都會羨慕。我遠遠觀察一會，看他們鎖上新家大門。我內心歡欣鼓舞。這一家有三人耶，雖然其中一個年紀比我小，但這代表這家裡會有三個人能照顧我。

我緩緩走近，聽到他們的對話。

「別擔心，寶莉，把家具布置好之後，我們家一定會很漂亮。」男人比女人高大，他一臉和善，但頭髮稀疏。

「我不知道，麥特，這裡離曼徹斯特好遠，房子也比舊家小好多。」

「妳把這裡想成只是暫時的一步，我們先租這裡，等我們安頓好，就去找更好的地方。親愛的，妳知道我不能拒絕這工作，這是爲了我們的未來。我們和小亨利的未來。」他彎身親吻嬰兒的頭，嬰兒停止了哭泣。

「我知道，但我好害怕。我有點嚇壞了。」她臉上都是恐懼，很像我啓程出發時那樣。

「不會有事的，寶莉。明天家具會運來，我們就可以搬進來。不用再住在狹小的旅館房間，而是搬進我們倫敦第一個家，這是好事。這對我們是全新的開始，是我們這個小家庭的第一步。」

我對麥特馬上產生好感，他像個實在的男子漢將寶莉和孩子擁入懷中。沒錯，我直覺知道這是適合我加入的一家人。看著他們三人漸漸走遠，我決定等他們搬進來之後，再來登門拜訪。那時候更適合介紹自己。

我腳步輕快，跳進強納森家的貓門。看吧，我就知道他喜歡我，他只嘴上說說說，並沒有眞的把貓門封死。我發現他又坐在客廳用電腦。我抬頭看螢幕，螢幕上沒有人，只有漂亮車子的照片。我跳到他身旁。

「喔，你又來啦？我猜你聽不懂昨晚的提議。」我想跟他說，我聽得懂，只是不同意而已，所以我大聲喵叫，希望能表達。

「不過你今天沒帶死動物過來，我想我就該慶幸了。」我心一沉，感覺好尷尬，我竟然空手拜訪。我趴下來，頭靠在鍵盤上。我以爲他會生氣，但幸好他看了只大笑。

「來吧，你可以把剩下的明蝦吃了。反正都要丟了。」我舔舔嘴，跟著他進廚房。他將蝦子全倒進碗中，我大口吃著。我雖然不餓，但新鮮明蝦非常難得。我吃完之後，發現他今晚打扮特別帥氣。他沒穿西裝，但也不邋遢。我瞇起眼盯著他，一臉狐疑。

「好了，不請自來的阿飛先生，我今晚要進城去玩。我勸你別等我了。」他大笑一聲，我還來不及反應，他便溜出前門。

我現在有兩個家，卻仍落單了。在我舊家，我很少獨自在家。如果瑪格麗特出門，愛格妮絲會在，愛格妮絲過世後，瑪格麗特只會出門一下下，我甚至還沒發覺她就回來了。

我快等不及二十二A的新家庭搬進來了。我心中有好多願望，我想要食物、乾淨的水、溫暖的家、舒適的大腿和滿滿的愛。那便是我所需的一切，在我短暫貓生經歷那麼多事之後，我不敢冒任何風險。我決定去睡在強納森昂貴的沙發上，雖然他說不要，但我還是會等他，因爲克萊兒不在時，他便是我僅有的家人。

12

我做著白日夢，回憶過去與瑪格麗特和愛格妮絲在舊家的生活。那一天寒氣逼人，愛格妮絲十分痛苦。瑪格麗特打電話給獸醫，獸醫說最後一刻即將來臨。瑪格麗特如果想帶她過去，獸醫會替愛格妮絲注射藥物，好減輕痛苦。除此之外，另一個方案便是安樂死。

瑪格麗特聽了嚎啕大哭，很像最近的克萊兒。悲傷的淚水流下她凹陷的雙頰，看得我也想一起大哭，但我也看到愛格妮絲努力鼓起勇氣，我只好壓抑情緒，緊緊依偎著她，不願增加她的負擔。瑪格麗特想帶她去找獸醫，但不容易，因爲瑪格麗特年紀大了，也沒有車。她幾乎提不動貓籠了。她打電話求助好鄰居唐恩，他不比瑪格麗特年輕多少，但他答應帶她去。他非常樂意幫助瑪格麗特。幾年前唐恩的太太過世後，愛格妮絲一度覺得他們會在一起，但瑪格麗特太喜歡獨處了，她常這麼說。

「我唯一需要的是自己和我的貓。」她會笑著說。我耳邊幾乎響起了她的聲音。

那時，他們帶愛格妮絲去看獸醫，留我獨自在家。我從沒叫得那麼慘。我好怕失去愛格妮絲。就算之後她回家，我也知道她時日無多，因爲瑪格麗特說過。

結果愛格妮絲眞的回家了，我好興奮，內心充滿感激，不斷舔著她。我以爲自己再也見不到她了，雖然她很安靜，但她在家，就在我身邊，在屬於她的地方。我那天眞的是欣喜不已，可是到了早上，她便走了。我知道，是因爲我晚上都和她睡在一起，中間我醒來時就發現她心臟停止了跳動。短短幾小時之間，我的心情從雲端墜入谷底。

那是我貓生中最最糟糕的一天。

我一面想一面沉浸在悲傷中，這時門口的鑰匙聲打斷了我的思緒，隨之而來是一陣狂笑和高跟鞋的叩叩聲。房子仍一片漆黑，我聽到腳步聲進屋，我才剛要伸展身體，就感到有人壓到我身上。

我大聲嗚咽。一個女人尖叫。強納森打開燈，表情生氣。

「你在我家沙發上幹麼？」他語氣煩躁。我也想問他同樣的問題，畢竟是我先到的。但我只跳開，站在地上，判斷眼前的情況。

這女生和之前的女生不一樣。她又高又瘦，穿著短褲，秀出自己的大長腿。

「那是你的貓嗎？」女生問，她說話有點含糊不清。人類喝醉到底是怎麼回事？

「不是，這貓是死賴著不走。」強納森回答，並狠狠瞪我。我聽不懂什麼叫賴著不走，但聽起來不太妙。女生再次靠近他，雙手環抱他。他們開始親吻，我決定離開這裡，畢竟我常聽人說別當電燈泡。

我在克萊兒家床上醒來，外頭天已亮。我溜下樓，吃了點克萊兒留給我的食物，喝口水，便出門散步。這頓早餐雖然比不上強納森的明蝦，但至少讓我填飽了肚子。我決定先跟強納森保持距離，晚點等他客人離開再去找他。於是我先走去二十二號公寓看一看。

雖然是清晨，但高䠷的女子抱著嬰兒站在前院，看男人從白色貨車搬下家具。

女人雖然美麗，臉上卻全是憂慮。她不斷咬著嘴唇，嘆著氣。但話說回來，我總會受需要幫助的人類吸引。只是我還不知道她需要什麼。

「我要去餵亨利了。」她懷中的嬰兒發出一聲哭喊。

「好，寶莉，妳去吧，我繼續搬。」

我隨著女人進屋，這棟房子沒有樓梯，只有一層樓。空間不大，看來隨時能一卡皮箱入住。地上放了一大堆東西等著拆箱整理，但那裡有巨大的灰色長沙發，還有一張搭配的沙發凳，寶莉抱著嬰兒坐到沙發凳上。她將嬰兒抱到胸前，他馬上停止哭泣。我好奇得不得了；這我在電視上看過，但從未在現實生活中見識到。我腦中有著朦朧又不可靠的回憶，我媽媽以前依稀也是這樣將我養大，等我們斷奶後，才住進了瑪格麗特的家。這讓我更懷念我的過去。突然之間，那女人看到我。我眨了眨眼打招呼，準備自我介紹時，她卻放聲尖叫。嬰兒嚇得大哭，男人急忙衝進屋裡。

「怎麼了？」他語氣全是關心。

「有貓！」她尖叫，並試著重新抱好嬰兒。我有點不高興，我以前從沒見過這種反應，連強納森都不會這樣。

「寶莉，只是隻貓咪，不用這麼緊張吧。」麥特柔聲安慰，彷彿在跟小孩說話一樣。嬰兒再次安靜下來，結果換寶莉哭了。我發覺自己犯下大錯。這女人顯然得了嚴重的恐貓症。我不確定有沒有這種病，但感覺她確實很怕我。

「我曾讀到過貓咪會殺小孩。」聽到這話，我嗚咽一聲，像被污辱了一樣。我這輩子被指責過很多事，像殺鳥、殺老鼠、甚至必要時會殺兔子，但我從未殺死過嬰兒。這哪有可能！

「寶莉。」男人跪到她身旁。「貓咪不會殺嬰兒。書上只是說要確定，嬰兒獨自在嬰兒床時，要注意貓咪有沒有在房中，以免貓跑去睡在嬰兒身旁，不小心悶死嬰兒。這隻貓並不想睡覺，妳又顧著亨利。」我又更喜歡這男人了。他的聲音溫柔，充滿耐心。

「你確定嗎？」她感覺有點神經質。我看得出來這女人有問題。跟克萊兒的狀態不一樣，這女人眞的不大對勁。

「妳人在這裡，貓咪要怎麼殺死亨利？」他走來將我抱起。他手勁紮實，但十分溫柔。我心想，他眞的是個好人。貓可以從被人抱起的方式認識一個人。強納森有點粗魯，但這男人抱我的力道剛剛好。

「麥特，我只是……」寶莉仍一臉焦慮。

「他叫阿飛。」他看了我的吊牌。「你好呀，阿飛。」他又說一句，並摸我一把。他手很漂亮，我用頭摩擦他。「總之，他不住在這，寶莉，所以妳什麼都不需要擔心。他一定是剛才趁前門打開時溜進來的。你住哪裡？」他問我，我朝他發出最可愛的一聲喵。

「你怎麼確定他不住這裡？」

「他有吊牌。上面有電話號碼。妳不放心的話，我會打電話確認。」

「不用、不用，我想你是對的。只要確認那隻貓離開這裡就好。」

寶莉仍一臉驚魂未定。嬰兒在她懷中似乎已沉沉睡去，雖然這男人善良親切，但我感到這間狹小方正的屋子瀰漫著悲傷的氣息。

「好，那我繼續去搬東西。來吧，阿飛，我們讓你回家。」他將我抱到外面，輕輕將我放到門墊上。我還沒機會好好看一看公寓內部，但我不想又嚇到寶莉。

晚餐之前，我還有幾個小時空檔，所以我想是時候再幫強納森抓個禮物了。我已贏得他的心，接下來要加強魅力攻勢。我一定要盡早搞定強納森，因爲感覺寶莉是個難題。

13

我離開二十二號公寓，想替強納森找個禮物，但我一看到燦爛的陽光便分心了。我聽人說過好幾次，貓咪應該在晚上打獵，這確實是貓咪夜間最喜歡的活動，但我一向不喜歡夜晚出門。尤其經歷可怕的旅途後，我晚上非必要絕不出門。

許多鳥兒在頭頂上飛翔，但我坐在公園邊緣的草坪時，看到了一群蝴蝶飛舞。我朝牠們撲了好幾次，卻每次都撲空。這時我發現有另一群蝴蝶在附近樹叢休息。我忍不住開始追逐牠們。我和瑪格麗特生活時，這是我最喜歡玩的遊戲。我東撲一下，西撲一下，蝴蝶每次都從我爪下溜走。我玩到上氣不接下氣，最後決定奮力一搏，撲向一大團樹葉，結果我錯估了距離，摔成四腳朝天。一隻鳥剛好經過，嘎嘎嘲笑著我。雖然我受傷了，還有點尷尬，但還是很好玩。我維持尊嚴，好好站起，決定暫時不要打獵和追逐了。

我找個地方曬太陽，結果不小心睡著了。我一定睡了很久，我被吵醒時，天已變暗，兩隻貓在大吵誰比較好看。貓很膚淺，常為這種事吵架。他們要我選，但我不想淌這渾水，所以就說他們都很好看，隨即不著痕跡趕緊溜走。

克萊兒還沒回來，於是我去了強納森家。我鑽過貓門，發現房中一片漆黑。我走過空蕩蕩的廚房，進到客廳，驚訝地發現強納森躺在沙發上。他頭靠在抱枕上，彷彿在睡覺，但他雙眼圓睜。昨晚的女人已不見蹤影。他再次獨自一人。我走進門時他看著我，我空手而來覺得有點不好意思。他看來眞的很需要一份禮物。

「你回來啦。」他語氣冷淡。「我差點要說很高興看到你。至少屋子裡不再空得像是鬼屋。」我喵了一聲，表示感謝，但我不確定他這句話算不算稱讚。除此之外，我決定碰碰運氣，我跳上沙發，坐到他身旁。他望著我，但他沒叫我滾，這算有很大的進展。

「你不在這裡時，都跑哪去呢？」他突然問。我喵一聲。「在街上亂晃嗎？因為我覺得你其實是跟我住在一起。」他一臉疑惑，我呼嚕呼嚕附和他。「說來好笑，阿飛，但我剛才意識到這就是我的生活了。我住在一棟過大的空房子，幾乎沒有任何朋友。」我想著目前看過的兩個女人。「一夜情不算。我不知道自己怎麼會活到四十三歲，卻還一事無成。」他繼續自怨自艾。「沒老婆、沒家庭、只有少少幾個朋友，又大多在不同的國家。」我靠近他，呼嚕呼嚕，表示同情。

「現在就剩你跟我了，阿飛。四十三歲的我只剩一隻見鬼的貓能說說話，我甚至不確定你是不是我的貓。」

我望著他，頭歪向一邊，想讓他安心。

「我想你餓了？」他說，我全力喵叫。這才像話嘛。我快餓死了。我跟著他進到廚房，他從冰箱拿了些煙燻鮭魚。我愛克萊兒，但和強納森吃晚餐眞是無比享受。他把鮭魚放在盤子上，並把盤子放到地上給我，我埋頭去吃時，他輕輕撫摸我身體，展現前所未有的溫柔。我們一人一貓的情誼漸漸加深。

我雖然頗爲吃驚，但仍舊專心吃著鮭魚。我也算是多愁善感了，而且我確實感到心頭一暖，相當感動。我的確想要融化強納森冰冷的心，不然也不會一直回來，可是我沒想過成功來得這麼快。要不是忙著在吃，我一定會手舞足蹈，到處蹦蹦跳跳。

我們吃飽喝足便一起回到客廳。我倆算是很奇特的組合，一個大男人和一隻小貓一起坐在沙發上，內心充滿快樂。強納森打開大電視，看起十分暴力的影片，裡面好多人都拿著槍。我不敢相信自己能和他窩在沙發上。他一面看電視，一面心不在焉摸著我，我雖然不喜歡電視上的影片，但他摸得我好舒服，所以我一動也不動。我知道他需要幫助，這天晚上後，我決定要盡我所能幫助他。

14

我很早便醒了，外頭天仍是黑的。我驚訝地發現自己仍待在強納森沙發上。他沒把我趕走，反而讓我繼續睡。我一定是他在看那部可怕的電影時，不小心睡著了。我不想走，但我該去克萊兒家吃點早餐，然後去二十二號公寓觀察新住戶的動靜，不知道二十二B公寓會不會很快有人住進來，新來的一家人會是怎樣的人呢？也許我之後只去比較好的其中一家。我到現在還沒原諒寶莉說我會殺嬰兒的事。

吃完早餐後，我來到二十二號公寓，看到另一戶的門敞開著，屋外還停了一輛貨車。那輛深藍色的貨車外表破爛，和麥特跟寶莉前一天運送家具的貨車截然不同，感覺像是撞過無數路燈，輾斃無數動物。想到這，我打了個寒顫，但願沒有貓咪命喪輪下。兩個男人將家具從車上搬進屋子裡。我從門口往裡面偷看。二十二B的空間在二樓。所以你一開門，會面對一塊狹小的門廳，接著便是一段樓梯。我好想上樓看看，但那兩個男人正想辦法挪動角度將桌子搬上樓，樓梯空間十分狹小，我覺得靠近很危險，決定暫時留在原地。他們嗓門很大，情緒激動，說著我聽不懂的語言，彷彿在吵架，但我覺得他們並不是眞的在吵架。只不過樓梯陡成這樣，要眞是吵架了也不意外。我等了一會，雖然好想進屋裡，卻是又怕又猶豫。我不敢進去不只是因爲兩個男人塊頭很大，更因爲我聽不懂他們說的語言。要是他們來自吃貓的國家怎麼辦？我不知道世上有沒有這種地方，但我可不想冒險。愛格妮絲曾說有些國家的人會吃狗。在某些文化裡，這顯然十分正常。我又不禁打個寒顫。我是絕對不想死在別人的湯鍋裡。

但我太想了解新住戶了。我躲進陰影裡，看著兩人回到樓下。我以爲自己很小心，結果其中一人還是看到我，他走過來摸摸我。我朝他眨眼打招呼，他像是也以眨眼回應。雖然這人塊頭很大，待我卻意外地溫柔。我發出呼嚕聲，他用奇怪的語言對我說話，並一直跟我眨眼，後來有個女人來到他身旁。她身材嬌小，但非常漂亮，有著一頭黑髮和棕色的雙眼。她蹲下來摸我。

「他不會說波蘭話。」那人給她一吻說。

「貓才不會說話，托瑪士。」她口音濃重。兩人大笑，然後用母語繼續說話。我覺得他們跟寶莉和麥特的年紀差不多，感覺十分親切友善。女人的笑容感染了我，讓我也想回以笑容，但我當然是用眼睛在笑，瞇瞇眼望著她。我不確定她有沒有發現，她忙著跟兩個男人說話，我是一句都聽不懂。

「他還在。」她的注意力突然回到我身上。

「他也許在歡迎我們搬來。」男人開玩笑說。

「也許吧。我想他是隻好貓。」她笑容突然消失，轉向男人，一臉害怕抱住他。我歪著頭，內心深感好奇，因爲她又用奇怪的語言說了些話。

「法蘭西斯卡，沒事的。我們是來過更好的生活。這是爲了我們和兒子。我向妳保證一切都會很順利。」他用粗壯的手臂將她一擁入懷，她雖然在哭，但也擠出了笑容。我感覺這幾位新朋友也需要我。我的貓咪雷達很敏銳，我感覺這條街給了我生存的意義：幫助人們。

有人需要我，讓我鬆了口氣，並自顧自笑了笑，不過，人類還眞的是比我想像中複雜。還好這一家人很友善，這名女人雖然難過，但我從她身上看到克萊兒和寶莉都沒有的堅強。我相信他們很歡迎我，並期待著我再回來。我目送女人走進屋裡，這才發覺今日陽光很好，也該是我吃第二餐的時候了。

我走進貓門，看到強納森穿著運動服坐在廚房餐桌，吃著吐司，喝著咖啡。我大聲嗷嗷叫，宣告自己來了。

「你好，我猜你想吃東西？」我跳到他身旁的椅子上，他不禁大笑。

「好啦，老弟，你等一下。我先吃完吐司。」我耐著性子，乖乖坐在一旁等待。

我猜強納森之前犯了個大錯。我不是指工作的事，而是這棟房子。這房子給他一人住眞的太空了，簡直像在嘲笑和戲弄他。我是他的話，一定會選小一點的房子，不過有我和他住在裡面，感覺就不會那麼空了。二十二號的公寓大概比較適合他。我現在了解他爲何和我說話了。和克萊兒一樣，他也很寂寞。我開始明白這世上不只有我感到孤單寂寞，我在克萊兒身上看到過，在這裡也看到，雖然寂寞的原因不大一樣，但我在寶莉和法蘭西斯卡身上也都看到類似的感受。

就我一隻小貓來說，要操心的事還眞不少，不過想讓一切回到正軌，我得做的更多才行。

強納森開罐頭餵我一些鮪魚，這跟新鮮明蝦或煙燻鮭魚完全不能比，但我可不會抱怨。

「我要去健身房了，阿飛。我不能發胖，變得像是只會跟貓說話的瘋子一樣。」我聽到這話一臉驚愕，但他說完大笑，我也鬆了口氣。他當然沒瘋，只是顯然有點心神不寧。

我決定也去運動，畢竟已經吃了兩頓，現在我可是兩個家都有飯吃，這點我得好好想一想。當然是不可能放棄食物，我曾經餓過好幾天肚子，所以我這輩子絕不會再拒絕任何一餐。但如果二十二號的住戶也開始餵我，那發胖的就不會只有強納森，我也會胖起來。我絕不容許這種事發生，免得到時候我連貓門都鑽不過。

雖然我天天在不同的家裡串門子，來來回回走上好一大段路，但我發覺自己慢慢有點發懶——就像以前和瑪格麗特一起生活那樣。我好不容易身體更健康，外表也變好看，所以我不能偷懶或得意忘形。萬一我又必須靠自己生存怎麼辦？光是想一想我就全身發抖，但我知道，那確實有可能發生。希望不會再碰上，這次我要做好準備，絕不再冒一點風險。

15

克萊兒打開門鎖時，我蜷臥在她特別買給我的貓窩裡。我的新小窩是藍白條紋，雖然跟我的舊貓籃相比沒那麼舒服，但依然很不賴。克萊兒直接衝向我，大摸特摸我一陣，我好開心，也鬆了口氣。我原本擔心她回來可能會大哭，甚至還擔心她根本不回來了。「我好想念你喔，阿飛。」她說，我內心漫過一陣暖流。「我希望你也想我。」她臉上都是笑容，精神更好了。當然她仍是皮包骨，讓我想起自己剛見到她的樣子。不過她的頭髮散發光澤，雙頰也紅潤。看來週末這一趟有讓她好好充電。

一時間，我內心一陣驚慌，難道她想要搬回家鄉了嗎？但後來我要自己冷靜。她人就在這裡，不是嗎？她回來了，別亂想。以貓來說，我確實太容易擔心，但那是因爲過去貓生的陰影。看到有人和之前的我一樣孤單寂寞時，我會情不自禁想伸出援手。我感受到的牽引力太強，讓我想盡自己所能去為他們做點什麼。

她走進廚房，替我準備食物，並燒開水泡茶。

我吃飽之後，她拿來一個袋子，裡面裝著要送我的各種玩具。有個形狀像老鼠、綁在繩子上的東西，還有一顆球、貓薄荷和一個叮噹作響的玩具。我心懷感激，來回磨蹭她雙腿。但其實只要一條鞋帶，我也會一樣開心。我一向不是愛玩玩具的貓，甚至小時候也一樣，但主要是因為愛格妮絲非常不屑那種玩意兒。我不想讓她失望，所以我也表現出瞧不起玩具的樣子。不過現在為了讓克萊兒開心，我會努力玩耍。我不希望她覺得我不知感恩。

我追球追到沙發下，差點被卡住。我用爪爪打它，球又飛了出去。我從沙發下鑽出來時，發現克萊兒在大笑。她開心地拍著手。後來我又用爪爪去抓叮噹作響的玩具，結果它馬上滑到地板另一邊。每次我以為自己抓住了，那東西又從我掌下滑出去，害我不斷前進後退，簡直氣人哪。克萊兒覺得這很好笑，但我就不懂這好笑在哪裡。

她走上樓，說要去整理行李，我決定再休息一會，玩玩具真的很累。而且我剛才吞下肚的食物讓我昏昏沉沉，於是我打了個盹。不久我被笑聲驚醒。這在克萊兒家是很陌生的聲音，所以我馬上充滿警覺。塔夏突然將我抱起，將我全身上下狂摸一陣，接著頭埋進我脖子。

「你好，小可愛。」她說。這女人一定是貓派，她明明這麼喜歡我，眞不懂她爲什麼不自己也養隻貓。但我從她身上的氣味明白了原因。

克萊兒拿著兩杯酒過來。

「妳繼續這樣，他會想跟妳一起住喔。」她大笑說。噢，那個委屈巴巴的克萊兒跑哪去了？現在的她整個人煥然一新。我等不及要聽這趟返鄉發生了什麼事。

「我也希望能帶阿飛回家，但可惜我的另一半對貓毛過敏，所以我只能把握在這跟他相處的時光。」

「喔，很嚴重嗎？眞的過敏？」

「對，我從這裡回家還要馬上洗澡和洗衣服，他過敏很嚴重。當然如果他太白爛，我是可以不小心忘記……」兩人笑成一團。我有點受到冒犯。我不確定對我過敏是個笑話。什麼人會對可愛貓咪過敏啊？

克萊兒又走出去，端了食物回來。她把盤子放到餐桌，兩人到桌旁坐下。我看到克萊兒吃東西心裡又驚又喜。我從沒看過她吃這麼多。我好想手舞足蹈跳起來，克萊兒真的變好了，但我決定不要大驚小怪，以免嚇到她。

「所以，怎麼啦？」塔夏說：「週末有發生好事喔。」

「天啊，我感覺好多了。我好像完成第一關的任務。我面對了自己的心魔，並活了下來！妳知道我回家是冒著遇到他們的風險。結果還眞給我遇到了！」克萊兒聽起來喜孜孜的，我試著聽懂一切，但那一刻，已超乎了我的理解。

「在哪？」塔夏睜大眼睛問。

「我跟我媽去超市。她還是當我是小孩子，硬要我帶些食物回家。說眞的，倫敦又不是沒有超市。」

「克萊兒，講重點。」塔夏咯咯笑了笑，繼續追問。

「對不起，總之我們在蔬果區，他們倆突然出現。他推著推車，她抱怨著某件事。我先看到他們，兩人都是臭臉。」但克萊兒看來非常開心。

「她在抱怨什麼？」塔夏和我聽得津津有味。

「不知道，總而言之，她變超胖。我是說她比他們在一起之前胖了好多，起初我還擔心她懷孕了。」克萊兒說。

「有嗎？」

「沒有，但我等一下會說到。我媽緊抓著我手臂，像抓著救命稻草一樣，後來我們遇上了。老實說，他一點都不帥。但也許是因爲我總算看清了這傢伙。」

「脫下粉紅泡泡濾鏡了？」

「沒錯。總之他向我打招呼，我也向他打招呼。她站在一旁，嘴巴張大，我慶幸自己穿得美美的，頭髮也做了造型，還上了妝。」

「我就叫妳隨時都要打扮，以免遇到那王八蛋。」

「對，幸好我有聽妳的話！」她大笑，我好想親她一口，其實我有親，只是親在她手臂上。雖然我不確定原因，但我好爲克萊兒感到驕傲。「後來我問他們過得怎麼樣，他們含糊地說過得不錯，但根本看不出來。我知道自己太瘦了，但她到底是怎麼兩個月內可以胖了快二十公斤？他爲了她離開我，結果她現在簡直換了個人。總之最糟的是，我很客氣什麼都沒說，但原本站在旁邊安靜得跟老鼠一樣的我媽，卻突然冒出一句問，寶寶什麼時候出生?!」

「不會吧，她眞的問了？」

「眞的問了。我本該感到得意的，畢竟她氣沖沖走了，史帝夫也嚅嚅囁囁說什麼還沒有寶寶，我那個當下差點要同情他們了。我眞不知道爲什麼。她明明都知道他結婚了，還跟他上床，那幾乎要毀了我，可是我卻眞心覺得同情他們。眞是夠妙了！」克萊兒和塔夏抱在一起，像小學生咯咯笑成一團。

我也在一旁喵喵叫附和。我懂的可能不多，但我在電視上看過，感情問題會毀了人的一生，後來我不禁在想，人類如果像貓一樣，世界會不會更好？我們當然懂愛，但講到談戀愛，我們可是看透了貓界的運作邏輯，我們絕不會把所有小貓都放在同一個籃子裡。我們天生就很務實。說眞的，雖然覺得大多數母貓都很可愛，讓我心動，但我可不會那麼天眞，覺得愛了就一輩子。貓在一起不過就幾天或幾週，幸運的話會有好幾個月，但最後我們不是生小貓，就是各奔東西。人類要是不執著於跟一個對象長相廝守，生活搞不好會過得更好一點？

「所以這次回家算是好事？妳當初還心不甘情不願的。」

「不只是因爲我遇見他們，也因爲我以爲自己會很痛苦，結果沒有，這次回老家讓我覺得我搬來倫敦不是逃避。我眞心想來倫敦。我擁有很好的工作和前景，有自己小巧美好的家和阿飛，當然還有可愛的新朋友。我回老家很開心，但我想回來。我知道自己還沒完全復元，但不得不說，我克服了一部分恐懼。」

「這點值得好好慶祝。這週末我來辦個姊妹之夜。我們去市中心，去倫敦最好的幾間酒吧。那裡有一大堆好喝的酒，還有一堆可愛的男人。」

「好，我想我準備好了。」

「她眞的變胖二十公斤嗎？」塔夏問。

「我不確定幾公斤，但她眞的變胖**超多**。她又不像我，沒道理需要胖成這樣啊。」

我剛才都待在桌下，現在走去摩擦克萊兒的腿，想告訴她，我爲她的轉變感到驕傲。這樣的轉變和我很像，但她現在需要好好吃飯，少喝點酒，就能跟我一樣健康。克萊兒顯然已準備好迎接新生活。

「敬新生活。」她舉起酒杯說。我不知道她能不能懂我。但我跳到桌上，試著和她們一起慶祝。

克萊兒和塔夏快喝完第二瓶酒時，已開始語無倫次，我決定溜出門去看強納森。克萊兒開心多了，我覺得是時候集中火力，幫助強納森重拾笑容。我看得出克萊兒的需求，因爲我曾和她一樣，所以我覺得自己能設法安慰她。現在我也必須爲強納森這麼做。我們的關係有進展，但還有好長一大段路要走。這肯定是場硬仗。

我鑽入貓門，看到他又躺在客廳沙發。他看到我卻什麼都沒說，這不像他。他沒辱罵我，也沒打招呼，彷彿把我當空氣。他繼續盯著電視，但臉色難看。他頭髮一團亂，身穿睡衣。看來他躺在沙發上很久了。

我不知該怎麼辦，但我走去坐在他旁邊，柔聲發出喵叫。

「你要是肚子餓，這下可要失望了。我不想動。」他語氣煩躁。接著他彎身過來摸摸我，好像在說他沒生氣。他態度又矛盾了。我想告訴他，我剛才已經好好吃了一頓，所以我只是來關心他，但我不確定喵喵叫能否好好表達我的意思。我還是試著叫幾聲。強納森這人我總覺得很難以捉摸，話說回來，我可能也不是一隻容易理解的貓。我唯一知道的是，在他堅強的外表下，他十分寂寞和害怕。我看得出他內心的恐懼，因爲我也曾有過這種感受。

我頭歪向一邊，再次試著告訴他我不餓，我只是在擔心他。我鑽到他身上，用頭磨蹭他，想讓他明白我就在他身邊。他眼眶噙淚望著我，我想他是明白了。

「爲什麼我覺得你好像看透了我的靈魂？」他語氣再次有點惱火。我不知道該怎麼回應。「要是你看得到我的靈魂，就會發現裡面有一個黑洞，那底下可能什麼都沒有。空無一物。總之我明天要去工作了，那個爛透了的新工作。」他嘆口氣。「但至少是個工作。好過在這裡頹廢。反正隨便，來吧，你要住下來的話，可以跟我到床上。」出乎我意料之外，他抱起我，帶我上樓，並將我放到臥室的一張椅子上，椅子上鋪了我這輩子躺過最柔軟的毛毯。

「我一定瘋了，這是我最高級的喀什米爾毛毯。」他嘆口氣，將我放下。他爬上床，一轉眼間，他馬上開始大聲打呼。

16

隔天早上忙碌又累人。我在強納森家醒來，四周一片漆黑，他在房間衝來衝去，準備上班。他一邊碎念，一邊去淋浴，全身還沒乾，便裹著一條圍巾去泡咖啡。他沒吃早餐，但卻順手幫我放了一碟牛奶。接著他衝回樓上，下樓時已一身幹勁俐落裝扮，但他手忙腳亂繫領帶時，又咕噥念了一陣。我跟他一起出門，想表達我的支持。他卻不斷低聲咒罵，呼氣吐氣，我知道那是他掩飾緊張焦慮的方式。

「好了，阿飛，」他說：「我去上班了，這是我回到現實世界的第一天。祝我好運。」我聽了便去摩擦他雙腿。「好極了，你最好別來沾得我一身貓毛。」他咕噥，但後來他彎身摸摸我的頭才走上街道。強納森顯然很愛我，但他確實不太喜歡展現自己柔軟的一面。

我追上他，努力用我的小貓腳跟上。我想讓他看到我的支持。他加快腳步，搖頭大笑。我們上氣不接下氣來到路的盡頭，他越過馬路時，我知道自己只能送他到這。我不想冒險離開艾格路，我會怕。

我剛跑完步，全身仍十分疲憊，但我馬上趕回克萊兒家時，她剛好從浴室走出來。

「啊，你來啦。」她把我抱起來親。「你去哪裡啦？我好擔心。」我緊緊依偎著她，希望她不要生我的氣。「也許你跟一般貓咪一樣，晚上去冒險了？」她說這句話時表情有點困惑，但幸好她沒生氣。「出去玩的話，記得要小心喔。」她最後叮嚀。

她將我放下，開始準備出門，我坐在她旁邊的椅子上看。人類很好笑，他們會用一堆怪東西洗澡（我們貓咪有內建的洗澡方式），然後用毛巾和衣服裹住身體。貓咪簡單多了。我們身上披著毛皮，隨時隨地都可以清理身體。其實我們洗身體和梳毛是同時進行。比起人類，貓咪的身體設計得更好，也不需要工作。人類好像都放不下工作，會在上面浪費好多時間。不過我覺得讓新家人快樂很困難，所以我現在有點能體會工作的辛苦了。克萊兒需要同理心，強納森需要耐心，他們都需要我的愛和幫助，同時我也漸漸吸引了二十二號兩戶公寓的注意。我該去探望那兩家人了。

我一點都不怕運動不足。我貓逢喜事精神爽，蹦蹦跳跳來到了二十二A和二十二B公寓。今天又是個晴朗的早晨，溫暖的氣息瀰漫街頭，我的鼻子幾乎都聞得到。我感覺今天會很熱。為了我這一身漂亮的毛皮，現在得要找個不冷不熱的好地方曬曬太陽。我喜歡曬太陽，但沒有貓喜歡太熱。這世上我最喜歡的事，就是找個陰涼的地點睡覺。

我看到二十二B公寓的門開著，內心好興奮，兩個小孩在門前的小草坪上玩遊戲。我走到草坪上，那塊草坪是公寓兩戶共享，但我沒看到寶莉和她嬰兒，不過我發誓我聽到嬰兒在啼哭。他的哭聲響徹雲霄，我心碎的哀號都沒那麼大聲。

兩個男孩子身形一大一小，但年紀都不大，我聽到一人用我聽不懂的語言，自顧自嘰哩呱啦說話。突然他看到我，便走了過來。

「貓。」他清楚說出這個字，然後大笑。我走去和他交朋友，並用頭摩擦他雙腿，他不禁咯咯笑了起來。弟弟原本坐在一旁玩玩具車，看了也大笑。我之前看到的女子法蘭西斯卡出現在門口。

「你好，阿飛貓。」她說。男孩對她說了些話。「說英文，亞列克西。」她語氣輕柔，但我又好奇起他們來自哪個國家。

「媽媽，是貓。」他重複，她走向他，親了他一口。

「你眞聰明。」她說完抱起弟弟。「給他東西吃好嗎？」

「好，媽媽。」亞列克西跑進房子，法蘭西斯卡站在原地。

「來吧，阿飛。」她說。她邀請我進家裡，還記得我名字，讓我內心湧起一陣暖流。她口音濃厚，說話生硬，但我喜歡她。她散發著友善溫柔的氣息，和強納森天差地別。

我們走上樓梯，進到他們的公寓裡，法蘭西斯卡抱著小男孩，我覺得把房子分成上下戶好怪，怎麼想都令人搞不懂。公寓本身很漂亮，明亮又現代，但格局方正，空間狹小。樓梯最上面是門廳，接著我走進了客廳，裡面有兩個柔軟的小沙發，占據了大半空間，地上散落著玩具，還有一張木茶几。客廳另一頭有張餐桌，再過去有個開口通往小廚房。這裡不像克萊兒家整齊，東西四散，有點雜亂，但充滿人味；這裡也沒強納森家寬敞，空間十分狹小。

我覺得人類好奇怪。強納森一人住間大房子，結果這裡這麼小，卻住了四個人

（雖然其中有兩個年紀還小）。我不明白原因，但感覺不大公平。法蘭西斯卡忙著顧孩子時，我趁機去逛了一逛。樓梯旁有一條走廊，通往另一頭的兩間臥室，其中一間臥室放著嬰兒床和一張小床，另一間則有張雙人床。臥室外有個小巧潔白的浴室。放著嬰兒床的臥室挺亂的，玩具散落一地。另一間臥室則乾淨簡樸。這地方沒什麼問題，但我覺得他們一家人住在這太擠。

我暗中調查完畢，便回客廳找他們。兩男孩並肩坐在其中一張沙發上，弟弟手中抓著一塊溼透的餅乾。亞列克西看到我很開心，伸手摸我，並搔著我耳朵，感覺好舒服。我認識的貓友都對小孩讚不絕口。亞列克西有著一雙可愛的小手，還有熱情的笑容，我漸漸明白貓友為什麼說小孩好了。

法蘭西斯卡回到客廳。

「我們吃中餐時，可以餵他吃魚。」她說。我耳朵興奮豎起。「接著你可以對他練習英文。我也是。」她大笑。「我最好打一下吊牌上的電話，確認他沒走丟。」我瞇起雙眼。克萊兒和強納森都沒幫我換吊牌，所以幸好上面仍是瑪格麗特的舊號碼。我的計畫目前都很順利。

「他可以住這裡嗎？」亞列克西問。

「不行，**kochanie**（波蘭語：親愛的）。我們住的是公寓，不能養寵物。」天啊，我大吃一驚。想像一下，哪有人會禁止這種事！這一點都不公平。

「好難喔。」她回到廚房時，他難過地對我說：「我在舊家講波蘭語。來這裡之前才學英文，可是好難喔。」我依偎著他，他看起來快哭了。他緊緊抱住我，我差點喘不過氣。但我讓他抱，撐到無法忍受，才從他懷中掙脫。又一次，我找到需要我的人了。他們遠離了家園，可能來自比我更遙遠的地方。他們內心充滿悲傷，我這陣子簡直像是能心電感應。

弟弟伸出髒兮兮的手抓我，我雖然不在意，但我提醒自己待會離開後需要好好梳洗一番。

我和小孩接觸不多。我和瑪格麗特生活時，有個小女孩偶爾會來家裡，她很愛和我玩，或拿盤子裡的食物餵我，但那是我唯一的經驗。我流浪的那段日子裡，有隻貓建議我找個有孩子的家庭。他們說那樣最好玩，像是交個新朋友，而這位朋友會餵你吃東西，愛你、照顧你和陪你玩耍。在這公寓中，我覺得自己就是獲得這樣的對待。

雖然我很喜歡克萊兒和強納森，但我沒法假裝他們已經滿足我所有的需求。

對，他們會餵我吃，有時也摸摸我，但他們也常放我獨自一個。就在這時，我有點意識到，這場串門貓的把戲可能會讓我惹上些麻煩。不過說眞的，我其實，在某種程度上，是有個計畫的。

我不能只靠克萊兒。我選擇住進她家時，並不知道她是獨自生活。我原本預期家中至少有兩人。我走進強納森家時，原本也預期會見到一家人，而不是一個壞脾氣的單身男子，所以我的計畫再次落空。我擔心自己的居家生活仍有變數，這也是我爲何來這裡的原因。在我腦中，這套計畫簡直天衣無縫。二十二號公寓可以是我白天的家，其他房子是我晚上的歸宿。我相信自己辦得到，也下定了決心。

於是我翻肚讓亞列克西揉我肚子。我再次站好時，尾巴開心地甩動。後來亞列克西要我躲在椅子下，再跳出來嚇他。我不確定這爲何讓他和湯瑪斯那麼高興，但我很樂意逗他們開心。我假裝自己追著一隻隱形的鳥，兩個男孩見了都尖聲大笑。

我們玩了一會，法蘭西斯卡回來，抱起弟弟。

「電話不通。他們可能換了電話，沒換到吊牌。」她略有所思。「湯瑪斯，該睡覺了。」她抱著他走過走廊，過一會自己回來。我聽到他小哭一會，後來便安靜了。亞列克西在茶几畫畫，我舒服地坐在沙發上，但不確定自己接下來該怎麼辦。

「好了，亞列克西，湯瑪斯睡了，我們來練習英文。」她說。

「好，媽媽。」

「你幾歲？」她問。我聽兩人對話，頭來回擺動。

「六歲。湯瑪斯兩歲。」

「非常好。你住哪裡？」

「倫敦。我們來自波蘭，但現在離得很遠。」他看起來有點難過，我看到法蘭西斯卡雙眼蒙上陰影。

「我們有時會回家。」她靜靜說。

「但爸爸說這裡就是家。」亞列克西回答。

「對，也許我們有兩個家。」她努力擠出開朗的語氣。我想告訴他，那是個好主意，就跟我一樣，於是我喵了一聲。

「哈，貓咪叫好大聲。」

「他叫阿飛。」

「阿飛？」亞列克西緩緩重複，彷彿在練發音。我心想，這一定很難，他會說話也才沒多久，就得來學另一種語言。

「對，他也許會常來？」她眼中帶著疑問望向我。我頭歪向一邊，想告訴她，對，我會常來。

「媽媽，萬一我不喜歡學校怎麼辦？」亞列克西棕色的大眼睛充滿淚水。

「你一定會喜歡，一開始可能很難，但不會有事的。」

「好。」

「我們所有人都必須勇敢，爸爸在這裡找到了好工作，我們一起努力的話，他會讓我們生活過得更好。」

「好。我想念爸爸。」

「他現在必須一直工作，但不久我們會更常看到他。他是在爲我們努力。」

她走去坐在亞列克西身邊。他畫了一棟房子，但不是我們現在的公寓。那是棟古怪的建築，有許多窗戶。

「我也想念我們的舊家。」法蘭西斯卡柔聲說，並撫摸他的頭髮。「但我們會愛上這裡的生活，我們只是需要鼓起勇氣。」我不知道她想說服誰，是他還是自己。

我一時呆住了，看著這對母子，我都好想哭了。他們眞的好努力，我發現人類和貓咪一樣，生活也是艱難又痛苦。

法蘭西斯卡突然站起。「好啦，我們來做點東西吃。亞列克西，你來幫忙，然後拿給阿飛吃。」

他聽到開心了起來，跟著媽媽進到廚房。我也過去，看她從冰箱拿出沙丁魚，放到盤子上。

「好香。」我心想，這太開心了吧。先是鮭魚，再來明蝦、現在又吃到沙丁魚。我選這條街生活眞是太完美了。

17

我沒有考慮到公寓的動線。那屋子沒有貓門，只有一個出入口。建築後面有個小後院，但要繞到屋子側邊才能進得去，而且一樣要和隔壁共用。離開二十二B公寓的唯一方法是從正門出去。這不大方便，因爲門關上了。我一定要想個辦法才行。我吃了一堆沙丁魚，喝了水，並和亞列克西玩，他現在心情好多了。他的玩具雖然不是爲貓咪設計，但我們仍一起追著小球跑，他玩得非常開心。我愈來愈了解小孩是怎麼回事。他們笑時，你也會想笑，他們的快樂是我見過最有感染力的情緒。不過話說回來，他非常難伺候，一刻都不讓我休息，搞得我超級累。這對我來說是全新的經驗，我是喜歡，但也很累。

弟弟湯瑪斯不久醒來，放聲大哭，法蘭西

斯卡去找他，並將他抱來客廳，她給他裝了牛奶的奶瓶，和他坐在沙發上。我真的要去找克萊兒和強納森了，所以我必須讓他們理解。湯瑪斯喝完牛奶，我大聲喵喵叫，然後走下樓梯，站到正門口。

「天啊，你想出去。」法蘭西斯卡說，她抱著湯瑪斯跟我下樓。亞列克西也跟來。她打開正門，我轉身面對他們好好道別。我想用眼神表示我會回來，也發出呼嚕聲，告訴他們我剛才玩得很開心。亞列克西彎身親吻我的頭。我舔了舔他的鼻子，又讓他咯咯笑了。我還沒聽過湯瑪斯說話，他突然大喊一聲「貓」，媽媽和哥哥聽了都大笑。

「我們一定要告訴爸爸，這竟然是他第一個說出來的英文字，」法蘭西斯卡說：「阿飛，你很聰明，你教會湯瑪斯第一個英文字了。」她一臉高興，我感覺十分驕傲。他們和我一起走到外頭。太陽依然燦爛，曬得前院草坪暖洋洋的。正當我們走向公寓共有的柵門，二十二A公寓的門打開，寶莉走了出來。她手忙腳亂，想把戰車型嬰兒車從門口拉出。我聽到嬰兒在屋裡哭。

「來，我幫妳。」法蘭西斯卡放下湯瑪斯，他馬上站起，走向哥哥。嬰兒車雖然已經摺疊收起，但仍然太大了。法蘭西斯卡將車抬出門，動作俐落將車打開。

「謝謝妳，」寶莉說：「這款嬰兒車在這裡好難用。」她露出淡淡苦笑。「太大了。」

「眞的很大。我是法蘭西斯卡。」她伸出手。寶莉遲疑地和她握手。我發現她手根本沒碰到法蘭西斯卡，馬上抽回。

「我是寶莉。我要進去……」她回到屋裡，不久便抱著小寶寶亨利，提著巨大的袋子出來。她將他放入嬰兒車，他又開始哭號。她搖晃著嬰兒車，這時法蘭西斯卡湊近看，並伸手摸了摸他臉頰。寶莉一臉驚恐，像頭一次看到我那樣。也許她以爲法蘭西斯卡也會把嬰兒殺了。

「你好，小寶寶。他叫什麼名字？」法蘭西斯卡看向寶莉，微笑說。

「亨利。不好意思，我跟社區護理師有約，快要遲到了。下次再見，拜。」她馬上轉身帶上門，但我早趁機溜進屋裡了。

我醒來時不知道自己在哪。後來我慢慢想起，自己仍在寶莉的公寓。我輕手輕腳四處走動，屋裡一個人都沒有。我剛才先是躺在他們巨大的灰色沙發上。我之前吃了好多沙丁魚，又玩到精疲力盡，肯定是睡著了。寶莉把門帶上之後，我在他們公寓裡四處亂逛。這間和樓上那間的大小一樣，但一點都不溫暖舒適。除了沙發和扶手沙發，還有一塊大木頭樹幹當茶几，地上鋪著一張脫線的地墊，我想那一定是亨利的墊子，牆上裝著非常大的電視。此外，牆面全都光禿禿的，不知道他們是沒掛畫，還是沒空掛起。

最大的臥室裡就只有一張大床和兩個床頭櫃，房裡一切都非常白。但比較小的臥室有爲小孩布置一下。牆上是色彩鮮明的動物圖案，嬰兒床上方懸掛著小動物吊掛玩具。地上鋪了彩色地毯，還放著許多柔軟的玩具。這個毫無色彩的家中感覺只有這裡有顏色。我覺得好奇怪，總覺得這個家有問題，但我還不知道問題出在哪。

我不知道現在幾點，該要動身回去了。但正當我想找路出去時，內心忽然一陣慌張，驚覺自己又被困住了，這間公寓也沒有任何出口。屋裡沒人能幫我，那我要怎麼逃出去？如果客廳窗戶留了一條縫，也許我還能擠出去。但這條街上的人離家外出都不會開窗。我心裡愈來愈慌，要是他們就這麼走了呢？沒人知道我在這。我會死在這裡嗎？辛辛苦苦捱過、撐過漫長危險的旅途，難道這就是我的下場？我嚇得呼吸愈來愈急促。

正當我擔心自己要一輩子困在這兒，沒水沒食物，也沒人陪伴，忽然我聽到前門打開，麥特、寶莉和嬰兒車進門了。嬰兒車真的太大了，所以寶莉必須先走進來，接著是麥特，最後才是嬰兒車。

「這輛嬰兒車太大了，我在屋裡很難用。」寶莉氣嘟嘟的，說著說著又快哭了。

「我們週末去買個更好用的，寶貝，沒問題。」亨利在睡覺，他們將他放在門廳的嬰兒車上，走進廚房。門瞬間關上，我來不及溜出去，況且我有點好奇，於是跟著他們進了廚房。

「老天，你怎麼進來的？」寶莉一臉不開心說。

「嗨，又見面了。」麥特彎身摸摸我。「你想喝點什麼嗎？」我舔了舔嘴唇，他見了大笑，並幫我倒了一碟牛奶。

「麥特，你這樣不會害他誤會嗎？」她問。「我不希望這貓覺得自己隨時能進來。」

「只是給點牛奶而已，他顯然是來拜訪我們的，所以當然要招待一下我們的小客人。」

「好，你確定就好。」寶莉聽起來根本不信，但她沒回嘴。「這貓的主人呢？」

「寶莉，他才來兩次，別擔心。他等等離開之後，一定就會回家了。總之，護理師那邊怎麼樣？」麥特問。

「這邊的護理師跟我們以前的很不一樣。她眞的很不友善，忙到根本沒空聽我說話，沒多久就把我打發走了。她知道亨利是早產兒，非常脆弱，但她都不理我。」

「可是他現在很好啊，寶莉，對不對？」麥特語氣溫柔，令人安心。

「我眞的應付不來。所以我才帶著亨利到公園等你下班。我不知道該怎麼辦。」她美麗的臉龐蒙上陰影，淚水奪眶而出。麥特也嚇傻了。

「之後會更好的，寶莉，眞的。對不起，但妳知道我可以介紹一些同事的太太讓妳認識認識，我們也可以參加育兒社團。」

「我不知道我行不行。我幾乎無法**呼吸**，麥特，我有時會無法呼吸。」寶莉呼吸粗重，彷彿要印證這一點。她眼眶中全是淚，無比恐慌。我看著她，發現這很嚴重，我看得出來這女人生病了，但麥特沒發覺。我不確定寶莉究竟在為了什麼而焦慮，但我直覺認為是和亨利有關。這種事在貓咪世界時有所聞，有時貓咪生下小貓，卻無法和小貓親近。我不確定是不是，但我判斷也許是這類問題。就算我錯了，最起碼我知道寶莉需要幫忙。「這只是換環境的關係，我們會把一切都處理好。」這時候，門廳傳來一聲哭號。寶莉看她手錶。

「要餵小孩了。」她走向嬰兒車，我急忙鑽過她的雙腿，希望能從前門出去。她看我一眼，從嬰兒車彎身過來，笨拙地打開了門。我想給她最溫暖的表情，但她絲毫不理我。她一臉倦容將亨利從嬰兒車抱起，連一眼都沒看我，便把門關上。至少我在公寓外面了。

18

我走過街道，猶豫自己該先去哪。我不知道現在幾點，外頭天空依然明亮，但麥特已下班回家，我猜其他人也都在家了。我想應該先去看強納森，他今早出門時有點緊張，而且今天是他新工作的第一天。我這次又空手拜訪，感覺很不好意思。畢竟我們關係變好，全是靠死老鼠和死鳥，所以我決定晚點去打獵，送他個小禮物，慶祝他找到新工作。我鑽過貓門時（眞希望每間房子都有），發現他在廚房。

「嘿，阿飛。」他語氣意外溫暖。

我發出呼嚕聲。

「總之呢，今天不像我想像得那麼可怕。這爛工作一點都不爛，這家公司很不賴。所以爲了慶祝，我買了壽司。我不確定貓吃不吃米飯，但我有買你的沙西米。」他說的我聽不懂，但他從棕色紙袋拿出幾個托盤，我發現裡面是魚。是生魚。他將幾片生魚片放到盤子給我，把剩下的冰入冰箱。我一臉疑惑看著他。

「我要去健身房，所以我回來再吃。」我喵喵叫，表示感謝，開始大吃特吃。我好愛這個「沙西米」。我希望強納森下次再拿這個回來。我發現跟強納森生活天天都在吃高級料理，希望他不會有天突然改變主意，像克萊兒一樣餵我罐罐。

「可別期待天天都有，」他說：「這只有特殊的日子才有。」嗯嗯嗯，他眞是愈來愈能讀懂我的心思了。

我吃著生魚片時，強納森換好衣服去健身房了，於是我趕去找克萊兒。

我到家時，克萊兒在客廳看電視。她不再老是難過了。這大概是全新的她。

「嗨，阿飛，我才在想你跑哪去了。」她摸了摸我。我開心呼嚕呼嚕。克萊兒和我關係和諧，對兩人都有好處。克萊兒家仍是我第一名的家，不只是因爲這是我在這條路上的第一個家，也因爲她和我迅速建立了穩固的關係。雖然我暗自覺得強納森內心深處喜歡著我，但我還是有點不確定。而二十二號公寓的兩個家，我還在打關係。至於克萊兒，她和我已是家人，我爲此愛著她。

「好，阿飛，我要去換衣服了。」我一臉疑惑望著她。她要去哪？「我要去當地的健身房，我決定是時候好好照顧自己了。」她笑了笑，走上樓。

人類跟這健身房是怎麼回事？我好奇她會不會去強納森去的健身房，我心裡希望她不會遇到他。總之，暫時還不行，他們現在都覺得我是他們的貓。那樣會很尷尬。

與其擔心，我發現自己需要去走一走，消化一下今天吃的食物。我出門時看到了虎咪。

「想一起來散步嗎？」我問她。

「我今天晚上想偷懶，也許晚一點再動一動。」她說。

「來嘛，拜託。我要送強納森禮物。」最後我答應她，無論抓到什麼獵物她都能先選，她才答應一起來。母貓！

我們走一條風景美麗的路線，前往當地公園，中途遇到幾隻友善的貓咪和幾隻凶狠的狗。有隻大狗身形大概是我兩倍，牠沒繫牽繩，大聲咆哮吠叫，齜牙咧嘴朝我衝來。虎咪比我好鬥，馬上朝牠哈氣，但我不想和牠對抗。我內心仍是有點害怕，只是我現在更懂得處理危機了，我叫虎咪一聲，並轉身盡全力飛奔，跳上最近的一棵樹。幸好虎咪跟我一樣敏捷，她隨我爬上了樹。大狗站在樹底下，瘋狂亂叫，最後牠主人來把牠拉走。我們則是精疲力盡，不住喘氣。

「阿飛，我早跟你說了我們應該待在家。」虎咪怪我。

「是啦，可是逃跑其實是很好的運動。」我回答。

回程路上，我想起我該替強納森準備禮物。就這麼巧，中途一棟房子的垃圾桶旁有兩隻美味的老鼠。幸好我一點都不餓，不然我會自己吃掉了。我看著虎咪把一隻一口吞下肚。

我將老鼠留在前門給強納森，然後到處閒晃。我和虎咪去她家花園打發一下時間，最後決定回克萊兒家。

克萊兒回家時，皮膚發紅，汗水淋漓。她外表很狼狽，一身汗臭，但她感覺很開心。

「天啊，阿飛，我超累。但運動一下感覺好多了。他們說這是因爲腦內啡，不得不說，還眞是有點道理。」她說著將我抱起旋轉，同時咯咯笑著。我努力憋氣，我知道她在展現她的愛，但她眞的需要洗個澡。

「好啦，我該去洗澡了。」

我鬆了口氣，決定也要趁這時間好好打理一番我的美毛。

19

隔天早上，我和克萊兒一起吃早餐，她準備上班時，我去找強納森。

我早上行程簡直滿檔，因爲我希望他們上班前都能見到我，所以我草草吞了食物，還來不及清理鬍鬚，便出發前往下一個家。我不能冷落克萊兒和強納森任何一人，這很重要。我希望他們都覺得我是「他們」的貓。我進門時，強納森正要出門。

「喔，我還在想你去哪了。謝謝你的禮物，但眞的不用費心了。我是說**眞的**。我相信鎭上的人看到你抓老鼠會很開心，但我可不希望老鼠最後都在我家門墊上。」雖然他訓我一頓，但我仍感覺得到在他心底（可能是角落的角落），他其實喜歡我的禮物。畢竟他沒把我攆出門，對不對？我是隻貓，沒法像人類那樣帶禮物來。瑪格麗特就很愛送朋友花束，不過我也已經盡我所能，或許強納森只是表面裝不高興，心裡其實是懂的。我看著他，舔舔嘴唇，朝他喵喵叫。

「我留了一碗昨晚剩的沙西米。我要去上班了，下班再見。有機會的話。」他伸手搔搔我下巴，我好喜歡。我發出最大的呼嚕聲，他心滿意足微笑。他離開後，我沒吃飯，而是好好梳洗身體一番，便前往二十二號公寓，並提醒自己今天別再被關在裡面。畢竟這裡有美味的食物等我回來，我可不想浪費。

我運氣眞好。時間尙早，但法蘭西斯卡和兩個孩子在前院。之前那男人也和他們在一起。看來他們正準備出門。

「阿飛。」亞列克西尖叫跑向我。我馬上翻肚，四腳朝天，讓他揉肚肚。

「喔，他喜歡貓貓。」叫托瑪士的男人說。

「對，他非常喜歡阿飛。」

「我必須去工作了，kochainie。我會在晚班前回來。」

「我愛你。我希望你工時不要那麼長。」

「我知道，但畢竟是餐廳。工時雖長，但食物吃都吃不完。」他大笑拍拍肚子。

「我只是有點想家，托瑪士。」

「我知道，但生活會愈來愈好。」

「你保證？」她問。

「我保證，kochanie。但現在我要去賺錢了。」

「先別說家鄉話，kochanie是『親愛的』。」

「聽起來很怪，妳是我的 kochanie，不是我的『親愛的』。」他大笑，彎身親吻妻子和兩個小孩，這才出發。法蘭西斯卡看起來十分疲憊，她坐在樓梯上，看著兩個孩子玩耍。我坐在她身旁。

「至少這裡天氣晴朗。我搬來英國前，以爲這裡天天都會下雨。」

我緊緊依偎著法蘭西斯卡。我們默默陪伴彼此一會。亞列克西設法逗得湯瑪斯大笑，那畫面好美。我感覺這裡也瀰漫著悲傷。雖然各有不同，但感覺我選擇的家（克萊兒家、強納森家、寶莉家和這裡），全都有個共同點：寂寞。我覺得這是我深受他們吸引的原因。我知道他們需要我的愛、關心、支持和感情。時間一天天過去，我對一切愈來愈有信心。

我看著寶莉家和麥特家的門，發現答案就在眼前。法蘭西斯卡需要朋友，寶莉也是。克萊兒遇到塔夏後，確實快樂不少。老天，好簡單。我只要想清楚該怎麼做。

法蘭西斯卡起身，要孩子過去。

「來吧，兒子，我們來穿鞋，一起去公園。」

他們進公寓去了。我不知道該做什麼，但必須趕快行動了。我抓著寶莉的門，大聲喵喵叫。我先是哀叫，接著放聲長號。再不快吸引她注意，我都要叫到喉嚨沙啞了。

過一會，她打開門，驚訝地看著我。

「怎麼了？」她眼神全是疑惑。我繼續長號。她彎下身。「你受傷了嗎？」我繼續叫，希望法蘭西斯卡動作快點。寶莉顯然不知該怎麼辦，害她焦慮擔心，我有點罪惡感，但我這是在做好事。「天啊，我受不了了。我不知道該怎麼辦。求你了，小貓咪，拜託你安靜下來。」寶莉一臉絕望，我差點心軟不叫了，但我必須繼續。

我叫到快沒力時，門打開了，法蘭西斯卡和兩個孩子走出門。

「什麼聲音？」法蘭西斯卡問。

「我不知道他怎麼了。」寶莉回答。我不叫了。我必須稍微躺下，喘口氣。亞列克西走來幫我搔癢，我充滿感激地靠向他。

「他現在看來還好？」法蘭西斯卡一臉遲疑說。

「可是他剛才叫得好可怕。叫到我都以爲有人在虐貓了。」我想跟她說謝謝。看來我就跟電視上的演員一樣演技高明。

「他是你的貓嗎？」寶莉問。

「不是，他會來找我們玩。我有打過他吊牌上的電話，但電話不通。」

「我不想養貓。我的意思是，我已經有夠多事要煩了。」寶莉淚水突然奪眶而出。這時屋內傳來哭聲。「天啊，亨利還睡在嬰兒車上。至少剛才還是睡著的。」她走進屋內，轉回來時又想把巨大的戰車型嬰兒車拖出門。法蘭西斯卡上前幫她。他們來到屋外，寶莉淚水又不斷流下。

「沒事了。我們坐一會。」法蘭西斯卡帶她坐到門階上。「亞列克西，幫忙推一下嬰兒車。」亞列克西乖乖做了，突然嬰兒不再哭泣。

「媽媽，我讓他安靜了。」亞列克西開心說，甚至寶莉也稍微破涕爲笑。

「對不起。」她又說。

「妳都沒睡嗎？」法蘭西斯卡問。

「沒有。天啊，我沒法睡。亨利都不睡覺，他到現在也還不會睡過夜，只有白天稍稍睡一會，但一醒來就哭。一直哭、一直哭。」

「妳叫寶莉，是嗎？」寶莉點點頭。

「沒事，帶孩子就是這樣。我有兩個小孩。亞列克西也都不睡。湯瑪斯好多了。」

「妳從哪裡來的？」

「波蘭。」

「我們是從曼徹斯特來的。」法蘭西斯卡聽得一臉茫然。「那是靠英國北邊的城市。我丈夫麥特在倫敦找到工作，說這是千載難逢的機會。這工作不錯是不錯，但我很想家。」

「我也是。我丈夫也一樣。他是主廚，在倫敦一間非常好的餐廳找到工作。他想讓我們有更好的生活，這是好事，但很令人害怕，也很孤單。」

「沒錯，非常孤單。唉，我們才剛來一週，但麥特他工時好長。我有帶亨利去公園，也去看了社區護理師，但跟家鄉感覺一點都不一樣。我都沒和其他人交朋友。」

「社區護理師是什麼？」

「喔，我跟妳說，妳生小孩之後，有任何問題都可以去找她。在曼徹斯特，護理師人都很好，但這裡的護理師都沒空理我。她感覺好忙，我跟她說亨利都不睡覺，她只回說，有的嬰兒就是不睡覺。」

「可能是真的吧。但聽起來一點幫助都沒有。亞列克西也是不睡覺，但最後發現他只是非常餓。他隨時要人餵。所以我去買晚上喝的配方奶，他喝了就能多睡一點。」

「亨利一直都很餓，但在他一歲之前，我不想給他喝配方奶。我想親餵。」

「什麼意思？」

「就是餵母乳。」

「喔，我也是，但我會，要怎麼說，理智脫線。」

「理智斷線。我懂。我就是這個感覺。」

「有人告訴我，要對孩子好，首要之務是要能好好照顧他們。這代表妳要好好睡覺。所以我白天餵亞列克西，晚上就給他喝那個。」

我專注聽他們對話。兩個女人各自有她們脆弱的一面，法蘭西斯卡身處異國，不認識任何人；寶莉也才剛搬來，都沒睡覺。看來兩人友誼即將萌芽，如果我沒說錯，我覺得是自己出了份力。雖然我剛剛差點把寶莉嚇得半死。這兩個女人都帶著孩子，兩人都感到寂寞和迷惘，她們非常適合彼此。我覺得是時候提醒她們我在了，於是我喵喵叫了幾聲。

「喔，阿飛，你還在。」法蘭西斯卡說。寶莉心不在焉摸了摸我。她摸得很不用心。「他那天在我們公寓裡。我好擔心，我聽說貓咪會殺小嬰兒。」我臉又一陣僵。我真的很不喜歡她跟別人說我會殺人。

「喔，這我從來沒聽過。我喜歡貓。這隻貓非常聰明。」

「妳怎麼知道？」

「是他介紹我們認識的，對吧？我們一起去商店，買嬰兒的牛奶，然後也許去公園散步，讓亨利好好睡一會，好不好？」

「喔，聽起來不錯。謝謝妳，眞的，我很需要女生朋友。妳說的對，就來試試看配方奶吧。反正我也沒什麼好損失了。」

「好。我也需要朋友。我的孩子很可愛，但我需要有大人的互動。對不起，我英文不好。」

「完全不會，妳說得很好！天啊，我根本不會說別的語言呢。」她們繼續聊，我感覺兩人友誼漸漸成形。

我看著他們出發。湯瑪斯不情願地被綁到嬰兒車上，亞列克西走在一旁，寶莉推著她巨大的戰車型嬰兒車，亨利仍安安靜靜的，寶莉身材高瘦，一頭金髮，法蘭西斯卡不胖，但十分健壯。寶莉看起來是我只要擦過她雙腿，她就會倒下，相較之下，法蘭西斯卡看起來能抵抗任何風暴。她烏黑的短髮散發光澤，十分美麗，露出笑容時，她棕色雙眼會發光。她有著我見過最美的笑容。

他們離開花園前停下向我道別。亞列克西要我晚點再回來，我呼嚕呼嚕回應，因爲我一定會來看可愛的他。我覺得我們可以交朋友。

兩人一起走在路上，看來天差地別，膚色一白一黑，身材一高一矮，但我直覺知道她們非常契合，無論手法多笨拙，但我覺得是我促成了這件事。不是我在吹牛，但我眞心覺得這是我的功勞。

她倆的故事深深吸引我，眞希望能有更多時間和她們相處。我好愛我們全窩在草坪上笑笑鬧鬧的感覺，這樣的時刻我永遠都不會膩。我和亞列克西、湯瑪斯的友情漸漸增長，畢竟每個小男孩都值得有一隻貓作伴。友誼已經萌芽，誰知道這份情誼會帶我們走向何方？

20

當串門貓可不容易。

日子一天天過去，我非常忙碌，努力在四個家奔波。我發現一隻貓擁有四個家，並不像我之前所想得容易。這很值得，但相當辛苦。我排了行程，但時間很難兼顧。

克萊兒每一天都更放鬆，我知道這是療傷的過程，當然，我自己也經歷過這些。每當我看著她，就會想起我過去的感受。

你會了解自己永遠無法完全復元，心裡一角永遠無法癒合，依然會痛，但是那會成爲你的一部分，你會學著接受，並和它共處。總之那是我的感受。我喜歡看到克萊兒天天笑容滿面，氣色愈來愈好。她稍微沒那麼瘦削了，不再像隻瘦巴巴的麻雀。她雙頰更加紅潤，一天比一天健康。

有許多女生會來強納森家。頻率不像以前那麼高，但數量依然不少，這令我十分憂心。但不得不說，他現在有了工作，作息比較規律。他會早早就寢，晚上不是在工作，就是去健身房。他的氣色也好多了。強納森本來就長得英俊，現在不那麼常皺眉，甚至更好看了。

我目前晚上都會去克萊兒家和強納森家。他們只要看到我似乎都很開心。一般來說，克萊兒會比強納森早到家。我們會一起吃晚餐，並相處一會。她看書、看電視、拿紅酒講電話時，我會窩在她身上。過一陣子，時間差不多了，我便去找強納森。

他一下班回來，我會跟他打招呼。他通常晚上到家還會加班，這對我來說很無聊，所以我晚上安排了新行程。我出去散一會步，或跑一跑。我變胖了，畢竟一天吃了好幾頓，但我還沒鄰居的橘貓胖，他們幾個胖到根本都動不了，老鼠輕輕鬆鬆就從他們身邊逃跑了。

我還會去找虎咪，我們有時會找社區的貓一起玩。現在就連之前不客氣的貓都習慣我了。交流完後，我會決定去哪過夜。我目前是輪流在克萊兒和強納森家過夜，但有個小問題是，兩人都很喜歡早上第一眼就看到我。要是那天睡在克萊兒家，我會在她起床的同時醒來，然後溜去找強納森，趁他上班前陪陪他。反過來也一樣。但這眞的是累死本貓了，不過我盡量把每個人都照顧到。只是要讓他們都開心可不容易，我自己的生活眼看也要亂成一團了。

白天克萊兒和強納森去上班，我會去二十二號公寓。這對我來說十分完美。我常會站在法蘭西斯卡門口喵喵叫，過一會，她或亞列克西會讓我進門。他們會餵我吃魚，通常是沙丁魚，最棒的是亞列克西會陪我玩，我們每次都玩得好開心。我還會翻躺讓他揉我肚肚，這是我最喜歡的新遊戲。家中大半時間都一片和樂。有時湯瑪斯在睡覺，亞列克西自己在玩，我會去廚房找法蘭西斯卡，她會靠在廚檯，遙望遠方。我知道她仍想念家鄉，但她是我認識的大人中適應力最強的，因爲她只將鄉愁藏在心裡，確保家中充滿歡聲笑語。但我有時覺得她雖然人在這裡，心思卻是在波蘭。就像我在街頭生活時，我的思緒和心都在遠方，與瑪格麗特和愛格妮絲在一起，即使我不知道她們在哪裡。

有個週末，我去了法蘭西斯卡家。那天克萊兒和塔夏出去玩，強納森去找朋友吃一個叫「早午餐」的東西，所以我去法蘭西斯卡家，她丈夫托瑪士開門讓我進去，一家人如常熱情摸了我一陣。托瑪士感覺是個好人。法蘭西斯卡替大家準備豐盛的飯菜時，他會陪孩子玩。他對她和孩子充滿感情，我看得出雖然她有時覺得生活很辛苦，但她身邊充滿著愛。我爲她開心，因爲她値得擁有這一切。這眞是個溫暖又可愛的家庭，連我都開心得鬍鬚翹高高。

有時我會看到寶莉抱著亨利，與法蘭西斯卡在一起。現在是夏天，他們常會待在前面草坪。小孩坐在野餐墊玩時，她們會一起喝咖啡。好啦，亨利其實是躺在野餐墊上，但他不怎麼哭了，在大孩子身邊，他安心不少。他們會對他搖撥浪鼓，甚至逗得他不斷咯咯大笑。但寶莉仍焦慮東、焦慮西的，我很少看到她笑。她的狀態總讓我覺得不大對勁。

兩個女人不只外表天差地別，連當媽媽的方式也大不相同。法蘭西斯卡帶孩子從容又冷靜，孩子也顯得無憂無慮。寶莉則是時時刻刻都很緊繃，她抱亨利的姿勢，就像他是玻璃做的一樣。寶莉總是彆彆扭扭，連餵寶寶也手忙腳亂，而且就跟之前的克萊兒一樣，她也常常哭泣。法蘭西斯卡總說是疲倦害的，但我在想是不是有別的原因。餵嬰兒配方乳之後，亨利睡眠時間變長了。雖然也沒長多少，但總算是有改善，所以寶莉的狀態應該要好很多吧？

法蘭西斯卡常邀這對母子回家，除了爲亞列克西和湯瑪斯準備食物，她也會給亨利吃點東西。他在那裡更開心，不怎麼哭鬧，表情愉快，不時大笑。但我不知道寶莉有沒有發現這些。她一直心事重重，我不知道周圍發生的事，她有沒有察覺到一半。比起其他人，我現在最擔心她。我暗自決定不要再去她公寓了。眞的不行。寶莉現在只是勉強接受我，雖然我感覺比起其他人，她更需要我，但她仍心存疑慮。我始終搞不懂爲什麼。

我觀察著這些人，他們和瑪格麗特各方面都不一樣，不只年紀更輕，皺紋更少，在其他方面也跟她大不相同。克萊兒像一朵綻放的花朵，她原本頭髮蓬亂，身材瘦削，天天以淚洗面，但現在已改頭換面。有時屋子只剩我們，她仍會感到悲傷，但這種時候愈來愈少了。強納森很複雜，但他也變得更開心了。我覺得不光是工作，或是與大胸部和一頭秀髮的女人過夜而已，而是因爲他在公司交到了新朋友。總之我覺得他是太孤單了。除了那些女生，他巨大空蕩的家中沒有別人。他跟克萊兒一樣不常出門，有時仍會一臉悵然若失。那很像愛格妮絲剛過世時，我每天醒來的表情。我有時剛醒來會忘記她已過世，想去找她，感覺強納森也在找一個再也不在的人。

這些人中，法蘭西斯卡最像瑪格麗特。她可靠又理性，雖然她很想念家鄉，但她是所有人中最沒問題的。寶莉則完全相反。她無比脆弱，彷彿隨時會被壓垮，有時我甚至會懷疑她是不是早已瘋了。

他們每個人都需要我，只是各有各的方式。我每天都暗暗發誓，會一直在他們身邊，並且盡力幫忙。

我好不容易撐過來了，現在換我幫助他們撐過去。

問題是我實在太忙碌了，我無法一次同時出現在四個家，但如果我的計畫要成功，我就非出現不可。

「很辛苦。」我跟虎咪說。

「擁有四個家就會這樣，還要想辦法讓四組人保持快樂。」虎咪說著打了個寒顫。「光一個家就夠我忙了，但我懂。」

「我不能再被丟下。我要確保這世上永遠會有人願意照顧我，虎咪。」

「我知道。反正大多數貓咪都不忠誠。」

「可是我忠誠到不行。只是要對四個家庭忠誠。我得學會好好分配精力。」

「阿飛，沒那麼誇張。我主人結婚了，但他們沒小孩，如果他們出事……唉，遇到你之前，我甚至沒想過這種事。」

「我希望我碰上的事不要發生在妳身上，但妳很幸運，因爲發生的話，我會照顧妳。」

「謝了，阿飛，你眞是個好朋友。」

「虎咪，我眞心不希望任何貓咪或人類經歷我碰上的事。我得到慘痛的教訓，才理解關懷的重要性。我太了解孤立無援的滋味。我有幸在旅途上和現在的家中獲得幫助，但我知道關懷對所有人生存至關重要。」

「你現在永遠都不會再孤單了。」虎咪好心指出。

關懷不是一個人就能做到的事，這是我學到的功課。瑪格麗特過世後，我能活下來全靠其他貓咪和人類的關懷。這讓我發現，生命很奇妙。雖然我樂意和愛格妮絲、瑪格麗特重逢，但我內心一角仍想活下來，想繼續生活。我不懂爲什麼。

21

我在克萊兒家客廳，躺在沙發上睡覺。克萊兒沒禁止我在沙發上睡覺，只有好聲好氣請我睡到貓窩去。但午後陽光從窗戶照入，照得這個位置暖洋洋的，貓咪怎麼抗拒得了。辛苦一下午之後，這正是我需要的。我空著肚子從法蘭西斯卡家回來。我和亞列克西玩了好幾小時，但他們都沒給我水和沙丁魚，什麼都沒有。法蘭西斯卡不像平常開朗。她心不在焉。我想和她好好獨處，但她都沒注意到我。被人無視，我覺得有點難過。我知道人類會有心事，但那不是忽視貓的藉口。畢竟她覺得辛苦時，我都有來幫忙啊！寶莉和亨利不見人影，屋裡也聽不到動靜。我要離開時，看到他們和麥特一起回來了。他推著嬰兒車，她這次神情總算稍稍放鬆，但兩人聊得很認眞，似乎沒注意到我。對二十二號公寓的這些大人來說，我簡直隱身了一樣。

我以爲一切到此爲止。結果接近傍晚時，事情愈來愈糟。

克萊兒在家準備出門，她替我準備了貓食和牛奶，但完全沒空說話或摸摸。她非常興奮，專心打扮，不但換上一件美麗的黑色洋裝，還在前門旁穿上一雙高跟鞋。我從未見過她穿那麼高的鞋子，連去工作也不會這樣穿。她還花了好幾萬年弄頭髮，並在臉上塗一堆東西。

她完工之後，看起來一點都不像我認識的克萊兒。

「阿飛，別等我，我要跟姊妹出去玩。」她笑著說，但完全沒抱我或摸我。她可能覺得貓毛會弄髒她的洋裝。最好會！我內心再次受傷，但我知道這很自私。我當然希望她快樂，所以我試著爲她高興。但她出門時，我沒發出呼嚕，連根鬍鬚都翹不起來，我心情眞的很差。

無聊又寂寞的我，只好跑去找強納森，但他不見蹤影，應該是還沒下班，但竟然也沒留下任何食物給我。我空空的早餐碗仍擱在原位。我是不缺食物，但我總覺得有點失望，不是因爲少一餐，而是沒人關心我。

我發現貓咪生活一刻都不能鬆懈。我不再無家可歸，但這不代表能把一切視爲理所當然。人類眞是很不穩定，也不可靠。我這不是小題大作，我知道他們還是在照顧我，但我還是要懂得獨立，也不能太過敏感。畢竟我也是當過一陣子街貓，沒道理又變得嬌貴起來。

但我就是嬌貴呀。而且也有點迷惘。我出門走走，但現在並不想跟其他貓聊天，甚至不想去找虎咪。我為自己感到悲哀。我先到強納森家亂晃一會，還進到其他閒置的房間，但裡面好無聊。我原本想送他禮物，但又何必呢？他都不理我了，我幹麼送他禮物？我有點難過，決定回克萊兒家，然後在她沙發上溫暖的位置睡著了。

前門門鎖轉動，一陣咯咯笑聲傳來把我驚醒。我向外一望，屋外是一片漆黑。克萊兒來到客廳，一個陌生男人抱起她走進來。我馬上站起，尾巴高舉，充滿警戒，準備隨時要衝上去營救她。這時電燈亮起。

「喔，阿飛、阿飛，我親愛的。」克萊兒聲音含糊奇怪，我閃身逃到一旁。我知道她喝醉了。其實與街頭醉漢相比，她不可怕也不凶，但她的狀態和他們確實很像。我今天眞是運氣很背，要是讓她抱起我的話，她大概會失手讓我掉下來。

「好了，克萊兒，妳平安到家了，我差不多要走了。」男人腳步挪動，彷彿有點不知所措。

「不要啦，喬，留下來喝杯咖啡嘛。」她突然爆出大笑，好像自己剛才說了史上最好笑的話。但我覺得一點都不好笑。

「謝了，但我該上路了，克萊兒。老實說，妳到早上會感謝我的。」那人看起來人很好，但他髮色跟路上的一隻胖橘貓一樣。

她撲向他，我可沒誇張，兩人直接倒到沙發上。我迅速跳開，以免被兩人壓到。克萊兒又咯咯笑一陣，喬稍微掙扎一會，才從她手中掙脫。

「克萊兒，妳有點醉了。」他聽起來有點不耐煩。其實她絕不只是「有點」醉。「我真的該走了，但我保證會打給妳。」

「拜託，不要走。」她含糊地說，但他起身，親吻她臉頰，自己走出門。「天啊，我真沒用。」門一關上，克萊兒馬上大哭。她像以前一樣嚎啕大哭，令人擔心。後來她沒回臥室，直接窩在沙發上，開始打呼。

雖然我以前見過這種事，但我不知該怎麼辦，只能蜷臥在她身邊，和她一起沉沉睡去。

隔天早上她醒來，發現自己仍在沙發上，而且蓬頭垢面。

「喔，我的天啊。」她抓著頭髮說。「我做了什麼？」她望向我。「喔，阿飛，對不起，我希望你沒事？」她試著站起。「我頭快爆炸了。」她又倒下來。「天啊，天啊。」她重複，並抓著頭哀叫。我喵喵叫，告訴她我餓了。

「天啊，阿飛，不要那麼大聲，你聽起來像汽笛。」我不知道那是什麼，所以我繼續喵喵叫，我不懂她爲何不舒服。如果這是喝醉後遺症的話，那人類到底幹麼要喝醉啊？

最後她起身，走進廚房。她喝了一杯水，然後又馬上再喝一杯。她走到冰箱，替我拿出食物。她把食物倒到盤子上時，臉皺成一團。

「喔，不行，我要吐了。」她把我的盤子放下，隨即衝進廁所。我吃早餐時不禁想，眞不知該對這事做何感想。幸好克萊兒今天不用上班，因爲她現在的樣子眞是糟透了。儘管臉上帶有斑駁的妝容，但她從廁所出來時一臉慘白。而且她身上好臭（雖然是比街頭醉漢稍好一點），當然我承認身爲貓，嗅覺的確是比較靈敏點。

「喔，阿飛，那個叫喬的男人，昨晚有來家裡嗎？」我喵了一聲，希望她知道我說有。「我完全記不得了。喔，不，他一定討厭我了，他一定覺得我很煩，可是我很喜歡他。天啊，我都這把年紀了，怎麼還這樣。丟臉死了。」她這樣子把我嚇得大聲嗷嗷叫。我好怕她崩潰。

「沒事啦。」她好像理解我的意思。「對不起，阿飛，我要去睡覺了，我今天可能都會待在床上。」她走出廚房時，我依依不捨望著她背影。可以確定的是，我的主人很複雜。我漸漸覺得自己永遠無法完全理解他們。

克萊兒看來會休息一整天，於是我去了強納森家，但他仍不在家。我不知道他是否回來過，然後又一早出門，但我的早餐碗仍擱在地上。他顯然一點都沒把餵我這事放在心上。我腦中閃過一絲擔心，但強納森不需要人擔心。我能照顧好自己，他當然也可以。只是我不喜歡他早上出門上班後，就完全不回家，尤其是他居然沒考慮到我，還讓我錯過兩餐。我都不知道該怎麼表達我的怒火了。

我想甩頭就走。我當然不可能送他另一個禮物犒賞他這種行爲，於是我考慮有樣學樣，丟下他幾天，看他會不會得到教訓。但正準備出門時，我聽到門打開，他穿著西裝走進來，一身清爽俐落的樣子。和克萊兒截然不同。

「阿飛，對不起。」他說著摸了摸我，並朝我露出前所未見過的笑容。「我希望你沒餓瘋了。我沒想到會離開這麼久。」我氣憤地嗷嗷叫，表示還沒原諒他，沒錯，我本來就期待他應該要在家。況且他又不知道我吃過了。

「喔，阿飛，你又不是沒見過世面。你應該懂受女神眷顧是怎麼回事。」他眨個眼。我也眨眨眼，然後瞇起眼盯著他。我不懂發生什麼事，但我絕不是那種貓。他大笑。

「我是不確定，但我猜你在譴責我。」他又大笑。手機這時叮咚一聲，他讀了讀，露出笑容。我不知道他是不是也跟克萊兒一樣喝醉了，因爲他今天怪怪的。他確實挺開心的，但又有點瘋。「對不起，你肯定餓了。我替你弄東西吃。」他拿起空碗時，臉上還帶有疑惑的表情。我得到了幾隻明蝦，這是世上我最喜歡的食物，但我可沒那麼容易打發。

我吃的時候，他一直玩手機。他會打一些東西，不久手機會叮咚作響，他看了便面露微笑，又再打一點什麼。我其實覺得很煩。我心情不好，只想要安安靜靜吃東西。

「阿飛，」他終於說：「我喜歡昨晚約會的女人。我認識她一陣子了，雖然不熟，但我上週又遇到她。總之她很有魅力，人幽默聰明，還有個好工作。我對她有點『好感』。」我不肯看他，只專心一口口吃著明蝦。

「別這樣，你不可能氣我一輩子。難道你不能爲我高興一下嗎？」我貓毛全豎起，我好想告訴他，如果代價是把我拋在腦後，我當然不高興。其實他不再難過我當然覺得很好，但我就不想讓他知道！「聽著，這就是我不想養貓的原因。我愛好自由，做事隨性，我想在外過夜，就會在外過夜。拜託，我才不管你是不是整晚在等我。我是大人了，阿飛。」我還是沒轉身。「喔，阿飛，好了啦。要不然我下次出去，把她帶回來囉。」我轉過身，但仍板著臉。「我幹麼跟一隻該死的貓道歉啊？」強納森感覺無奈又好笑。

我狠狠瞪他一眼，大步走出貓門。但我一到外頭才發現天在下雨。我氣到沒想到變天了，現在進退兩難了。克萊兒在睡覺，我又不想理強納森，所以我別無選擇，只能淋雨。我最討厭淋雨了，但我還是沿著街道走到二十二號公寓。

我對克萊兒和強納森都不滿到了極點。瑪格麗特可從來沒搞過這種鳥事。我覺得我該對法蘭西斯卡和寶莉施展魅力。他們可能會比較可靠。

運氣眞好，我中大獎了。寶莉的丈夫麥特正好要在把嬰兒車推進家裡，我順勢溜了進去。
「喔，你好，阿飛。」他說，我心花怒放，因爲他不但和我說話，我也可以不用再淋雨了。他脫了鞋，把嬰兒車留在門廳。我發出呼嚕聲。
「噓。」他小聲說。「我才把亨利哄睡著了。寶莉在補眠。來吧，我拿毛巾幫你擦乾，給你牛奶喝。」我跟他進到小巧整潔的廚房。他拿了條小毛巾擦拭我全身，十分舒服，後來他從冰箱拿出牛奶，倒入壺中加熱。我覺得我跟他一貓一人的感情正漸漸萌芽，他默默倒了一碗牛奶給我，輕柔拍我一下，我靜靜舔著牛奶時，麥特也替自己倒了一杯。他把牛奶拿到客廳，我跟著他走。當我們並肩坐上沙發，他拿起一本書讀，我則靜靜坐著，讓他知道我能當一隻聽話的貓貓。後來我蜷臥下來，沒多久便開始打盹。過了一會兒，寶莉進到客廳，吵醒了我。
「我睡了多久？亨利呢？」她聽起來十分驚慌。
「沒事，親愛的。他在嬰兒車睡覺，妳可能只睡幾個小時。」
「可是他不需要餵奶嗎？」
「他有吃早餐，現在還沒中午。寶莉，他已經超過六個月大了，所以能照時間餵了。」

「社區護理師和法蘭西斯卡也這麼說。」

「他們說的沒錯。要我幫妳泡杯茶嗎?」

「好,謝謝。」麥特起身,寶莉坐到我身旁。

「你好,貓貓。」她全身僵硬說。我抬眼看,她明明知道我的名字。「對不起,阿飛。」她馬上改口。我眞是愈來愈會跟這些人類溝通了,但話說回來,我也是練了好久。她伸手輕輕摸我。我動也不動。寶莉很怕我,但她似乎什麼都怕。我觀察到,她顯然很怕她自己的寶寶,感覺她對小小的亨利簡直是異常恐懼。

麥特拿茶回來,放到她面前的咖啡桌上。他抱起我,坐下來,把我放到大腿上。

「我希望亨利沒有對貓毛過敏。」寶莉說。

「當然沒有。媽有隻貓,我們經常去玩。」

「喔,對,我忘了。」寶莉回答。她一臉茫然。麥特眉頭緊皺,他看起來不開心。

「寶莉,妳沒事吧?說眞的,我知道搬家是一大變動,我自己也沒想到工作會馬上忙成這樣,但我很擔心妳。」

「我沒事。」她環顧客廳，像是不知自己身在何方。房子仍空蕩蕩的，和他們剛搬進來一樣。除了沙發、椅子和咖啡桌，客廳空無一物。地上有嬰兒地墊和玩具，但這裡仍不像個家，和樓上鄰居家截然不同。「我只是覺得又累又苦，」她繼續說：「我很疲倦又想家，雖然我現在認識了法蘭西斯卡，但我仍覺得寂寞。我很想念我的家人。」這是我頭一次聽到她說這麼多話，她甚至和法蘭西斯卡聊天都不多話。

「我願意爲妳做任何事，」麥特說：「也許我們可以早點搬回家，怎麼樣？或是妳想的話，也可以帶亨利回娘家住一週。我可以週日載妳過去，下週末再去接妳。」他爲自己的提議感到滿意。

「你就這麼想把我們扔到一旁，是嗎？」她無比驚慌。

「不是，我當然會很想你們，只是我以爲妳會想看看妳媽。」寶莉瞪著麥特，但他們來不及多聊，亨利震耳的哭聲傳來。

「我去餵他。」

「要我準備寶寶粥或配方乳嗎？」麥特問。他聽起來十分難過，甚至有點心灰意冷。

「不用，我乳頭很痛。我會餵他。」她走出客廳，我聽到亨利的哭聲一路往臥室過去，接著是門關上的聲音，然後亨利就不哭了。麥特嘆口氣，目光呆滯，彷彿望著遠方的什麼。這和法蘭西斯卡有時的神情一模一樣。他開始心不在焉地摸我，雖然我知道他在想別的事，但我一樣很享受。

過一會，寶莉帶著亨利回來，將他放到地墊上，亨利也抓起玩具玩。

「我們必須鼓勵他坐起來。」她說。

「好，我會在他背後放些軟墊。」麥特挪動軟墊，並慶幸自己有事能做。將亨利扶起後，麥特拿起玩具搖動，哄亨利向前坐。亨利喜歡這遊戲，開始咯咯笑。麥特大笑，甚至寶莉也笑了。眞希望他們能照張相，日後再看到相片，便能想起他們是快樂的一家人。因爲這一刻，他們眞的好快樂。

「對了，寶莉，我們要不要去買個小推車，把那輛討厭的大卡車扔了？」麥特提議，亨利這時已放棄，再次倒在地上玩著自己雙腳。

「好，我們可以去法蘭西斯卡和我那天散步找到的店。」她稍微打起精神。

「要我用揹帶帶他嗎？」寶莉點點頭，兩人便開始動作起來。

我覺得這代表我差不多該走了。我目送他們走下街道，然後放聲在法蘭西斯卡門外大叫，但我沒聽到任何動靜，屋裡也沒開燈。他們出門了。除了我，每個人似乎都有地方可去。

於是我去找虎咪。在我打造的這個小小群體裡，不光只有新家人，也有貓朋友。現在呢，至少在萬一有需要幫忙時，我知道我有支援網能接住我，而且這個網絡的關係分分秒秒都變得更緊密。倒不是說我會再次陷入困境，只是，以防萬一囉……

「所以你想幹麼？」虎咪問。

「我們去公園池塘看倒影。」這是我最近最喜歡的娛樂。虎咪和我會站到岸邊，盡可能靠近池塘，我們會看著水中的自己。水面波動時，我們的模樣會扭來歪去，看起來特別好笑。這是悠閒打發下午時光的好方式。

我們接著去一塊塊後院冒險，跳過圍欄和棚屋，拋開最近的煩惱，像過去一樣，享受無憂無慮的美好時光。

「喔，你看那隻狗好好笑。」虎咪說。我們從圍欄居高臨下朝他哈氣，鬧得他在後院繞圈子跑，放聲吠叫。這是純粹又天真的玩樂。我好喜歡和虎咪在一起，她今天都陪著我玩，非常合群，不吵不鬧，時時刻刻都充滿趣味。

22

好一陣子過後，有天晚上我進強納森家，聞到一股撲鼻的美味香氣。我發現強納森在廚房做一件我從未看過的事：下廚。他旁邊開了一瓶紅酒，另一邊放著一瓶他的啤酒。

「嗨，阿飛。你還沒忘記我啊？」他問。

我用呼嚕聲回答。這幾天，我沒見到他幾次，但爲了美味的餐點，我原諒他了。我是喜歡其他人，但他給我的食物最高級。他走到冰箱，拿出一包開封的鮭魚。他替我裝了點，並露出熱情的笑容。我瞇眼瞧他，是哪裡有點不一樣，但我說不上來。我吃著鮭魚，然後坐到廚房窗臺上，這樣我能一邊看著他，一邊觀察窗外。

我喜歡看他煮飯。他穿白襯衫和牛仔褲，很好看，身上還香香的。他邊煮飯邊吹口哨，渾身散發出一股新的活力，很像貓咪邁開輕快步伐那樣。

門鈴響起，強納森彷彿蹦蹦跳跳著跑向前門。我靜靜等待。他回來時，後面跟著一個女人，我明白他爲何心情這麼好了。她身材高䠷苗條，有一頭紅褐色的秀髮。她穿著牛仔褲和白襯衫，其實和他有點像。可以確定的是，她一點都不像平常會進到家裡的女人。她很有魅力，但不像其他女人。我猜是因爲她更俐落，衣服都好好穿在身上。「菲莉琶，妳要喝杯酒嗎？」

「好啊，謝謝你。」她聲音非常高雅。

「紅酒或白酒？」

「嗯，紅酒，謝謝。」他請她找張椅子坐下，並將酒拿給她。

「謝謝你。」

我仍待在窗臺上，但她絲毫沒看我一眼。我喵了一聲，讓她知道我在。

「那是貓嗎？」她問。

「什麼？」我心想。「我當然是貓，這什麼蠢問題。」

「對，他叫阿飛。」強納森回答。

「你看起來不像會養貓。」她淡淡說，我又一次感到冒犯。

「阿飛像是買房子送的。我不想養任何寵物，更別說是貓了，但我其實滿喜歡他的。」我舔著毛。怎麼樣，臭女人，強納森很喜歡我呢。

「我不喜歡貓。」她說。我簡直不敢相信自己的耳朵。我好想抓爛她的臉，但我知道不能那樣。「我一點都不懂貓有什麼特別的。」我等著強納森爲我說話。

「我想要是我養蛇或蜥蜴，會更有男子氣概一點。」他開玩笑說。

「甚至狗也行。但貓？」

「他沒那麼糟，妳會漸漸習慣，我就是。要再幫妳倒點酒嗎？」

我好難過，我跳下窗臺，用盡全力大聲哈氣，然後大步離開廚房。

「妳看，妳害他生氣了。」強納森說完大笑，他竟然一點都沒生氣。

「老天，他只是隻貓，哪裡聽得懂。」那是我走出房子最後聽到的話。

我晚上接下來都和克萊兒在一起，她酒醉那天之後，一直都魂不守舍。她每天依然會去上班，但晚上回家時都一臉難過，我不知道原因，但我這幾天都有特別關心她。眞不知道她究竟需要什麼，但我有讓她知道我隨時都在。爲了讓她開心，我願意做任何事。

我們一起吃晚餐時，她電話響了。她看了螢幕，眨了眨眼，然後接起。

「喂。」她看起來有點驚訝。「喔，喬，嗨。」她頓了頓，我聽不到他說什麼。「前幾天眞對不起，我喝太醉了，我平常不會喝成那樣。」對，平心而論，她眞的不會。她可能算愛喝酒，但我沒看過她醉成那樣。

他們又聊了一會，她臉上漸漸出現燦爛的笑容。掛上電話時，她將我抱起，緊緊勒住我，好像我是破布娃娃一樣。

「喔，阿飛，我沒搞砸。他明晚要來吃晚餐。哎唷，我眞的以爲自己出盡洋相。天啊，我要穿什麼？我要煮什麼？我好幾年沒約會了。好幾年！喔，我的媽呀。我要打給塔夏。」她跳起來，在客廳手舞足蹈。

我一直想幫忙，但我沒想到素昧平生的男人來一通電話就比我更有用！人類眞是莫名其妙！我想破頭都搞不懂。

克萊兒好興奮，我讓她和塔夏好好講電話，並出發前往強納森家。我中途停下來看虎咪抓鳥時，心裡不禁好奇那兩人的發展。我鑽進貓門，發現廚房已清理乾淨，且空無一人。我走進客廳，發現強納森在講電話。

「沒關係，我很喜歡為妳煮飯。」他頓了頓。「我工作也非常忙，那週三怎麼樣？」他又頓了頓。「太好了，我會訂好餐廳，週三見，菲莉琶。」他掛了電話，並注意到我。

「阿飛，老弟。」他熱情地將我抱到大腿上。「我現在非常開心。我記得有跟你說，我去新加坡前，已經認識菲莉琶好幾年了。我們當時都在跟別人交往，其實她現在也和我以前同事住在一起。所以你能想像，我再次遇到她的感受，而且我們都單身！老實說，養貓是有點太女生了，但我相信你是我的幸運星。」他大笑，然後準備去「健身房」。

我回克萊兒家時，心情有點起伏。她坐在餐桌寫東西。

「你好，寶貝。」她說，我原本想回頭，後來才發現她是在叫我。我坐到她身旁的椅子上，見她一字字寫著，我真希望自己能讀得懂。門鈴響起，她走去開門，原來塔夏來了。

「謝謝妳來這一趟，說眞的，妳眞是個好朋友。」

「哪有，我當天應該要堅持讓妳住我家，結果我竟然拋下妳。」塔夏抱了我一下。

「我醉爛了。」

「我也是，我那天只能把妳交給別人照顧。總之不會有事的。喬看來很喜歡妳，妳也喜歡他，而且你們明天要約會了。」

「我感覺自己像個小女生一樣，笑個不停。但我也好害怕。喔，天啊。總之妳來了，我打算煮這些東西。」她們一起看著她列的清單。「我不知道他喜不喜歡義大利菜，但我打算做千層麵和生菜沙拉……我知道很普通，但應該可以吧，妳覺得呢？」

「我覺得很好，而且他看到妳的打扮，就不會在意吃什麼了。」

「但我還不知道要穿什麼！」克萊兒說。

「我們上樓，等一下妳就會知道了。」她們兩人咯咯笑成一團。

我跟著她們進到克萊兒臥室，克萊兒和我坐到床上，塔夏打開衣櫃，開始撈出一件件衣服。

「妳想穿什麼？」她問。

「我想穿洋裝，因爲我穿洋裝比較好看，可是待在家裡，我又不想看起來太刻意。」

「牛仔褲。我覺得牛仔褲配性感上衣最適合。」她拿出一件件背心。

「我覺得妳把牛仔褲和上衣搭配好，一定能傳達正確的訊息。何況妳現在身材超好。他絕對無法抗拒妳的魅力。」

「但願如此。我眞的很喜歡他。」

「我其實不記得他了，但他有一頭紅髮，對吧？」

「對，他頭髮很可愛，人也很好笑。」

「妳確實需要找個能讓妳笑的。」

「對啊，是不是？」克萊兒咯咯笑起來。

「好，穿這件，我們看看搭起來怎麼樣。」

兩人說說笑笑，我則待在床上，欣賞這場穿搭派對。克萊兒過去幾天再次陷入憂鬱，能看到她重拾笑顏眞好，但這也令我擔心。她明明和這男人不熟，他卻能讓她心情跌落谷底，她眞的準備好開始約會了嗎？我不是專家，但我見過克萊兒剛搬來的樣子，現在她情緒又有起伏。我敢說她的狀態仍不穩定。我必須特別留意。

她們終於選好衣服，走下樓。

「妳想喝杯茶嗎？」克萊兒問。

「不用，謝了，我最好回去了。大衛跟我約好今晚要一起吃晚餐。」

「天啊，對不起，耗費妳這麼多時間。」

「別傻了。我也很開心啊。總之我們辦公室見，但以免沒機會再跟妳私下多聊聊，先提醒妳，要記得約會就是要開心。他可能不是『眞命天子』，但妳可以好好享受。記得這只是約會而已。」

「我知道，我不該把一下就太認眞。現在才剛開始，我盡量啦。」

塔夏離開後，克萊兒窩到沙發上，我也跟過去。

「對不起，我最近狀態不好。我還是很愛你喔，阿飛。」我露出最可愛的表情。

「你知道，事情漸漸好轉了。」我呼嚕呼嚕附和。我眞心希望如此，但不知何故，我無法眞的放心。

23

我要遲到了。我必須從二十二B公寓狂奔回家，法蘭西斯卡和亞列克西剛才在幫我打扮和拍照，他們玩得好開心，湯瑪斯咯咯笑個不停，但我受盡羞辱。他們在我身上放上帽子、太陽眼鏡、圍巾和找得到的一切，並用法蘭西斯卡的手機拍照，大夥笑成一團。我不該遭受這種待遇吧？但他們一直沒放過我。我忍氣吞聲，默默承受。幸好我愛這一家人，知道自己有朝一日會原諒他們（可能明天吧），但前提是我要再吃到沙丁魚。

換裝換了一下午。我完全沒空拜訪寶莉和亨利，但我沒時間想這個了，我必須趕快回家找克萊兒，在她和喬吃晚餐前，確認她心情放鬆。

我衝進貓門，一進門就看到她的雙腿。她

的狀態很好，食物聞起來香氣四溢，我磨蹭她雙腿打招呼。

「喔，你在這啊，我才在擔心。你想吃晚餐嗎？快，喬隨時會來。」她手忙腳亂，快速倒了點食物到我碗裡。她現在在碗下鋪了塊特別的地墊。我靜靜吃著晚餐，並從頭到腳把自己清潔打理一番。我也想向喬展現我最好的一面。

克萊兒忙著煮飯，洗乾淨我的碗，並用手撥著自己的頭髮，但她毫不焦慮，只感到興奮。我也好興奮。門鈴響起時，我們倆都跳起來。她又撥了撥頭髮，我用爪爪梳了梳貓毛，跟著她去應門。

門後的他拿著巨大的花束，但我仍認得出他。他那一頭紅髮看過就不會忘記。

「喬，請進。」他走進門，親吻克萊兒雙頰，並將花交給她。他也帶了一瓶紅酒。

「太謝謝你了，花好美。進來客廳，我替你倒點酒。你喝白酒嗎？」

「喝。別擔心，我記得客廳在哪！」他朝她眨眼。他忽視我，我盡量不往心裡去。我跟著他倆走進客廳。他坐到沙發上，我坐到他面前的地板上。

「你那天有看到阿飛嗎？」她問他。

「我印象中沒有。嗨，阿飛。」他伸手摸我。「貓眞可愛。」他笑著說。但我知道他在敷衍，我感覺得出來。首先，他那天差點坐到我身上，所以我確定他一定有看到我。再來，你能從摸的方式就知道一個人對貓的看法。當然確認方法不只一種，但如果眞心喜歡貓，他們一定會認眞摸。我想這就跟握手一樣，有人握手時手勁紮實，有人手才碰到對方就收手了。喬只是表面做做樣子，一點都不眞心，我好難過。強納森的朋友擺明討厭我，而喬也暗地裡不喜歡我。事情一點都不順利。

不出我所料，克萊兒去倒酒時，他環顧四周，卻連正眼都不看我。我試著接近他，但他狠狠瞪我。

「滾，臭貓。」他小聲說。我備受羞辱，夾著尾巴走開，躲到椅子下。今晚我索性只要觀察就好，反正我也無法參與。

克萊兒很開心。不是因爲我有偏見，但我當下就發現他的討喜都是演出來的。而且他說話明明無聊透頂，我眞不懂爲什麼，他仍能逗得她哈哈大笑。

「我熱愛廣告業的工作，」他說：「包括創意這一塊，以及和客戶打交道。我尤其喜歡和客戶面對面提案。」

「原來如此，但工作上，我反而不想面對客戶，那樣工作比較容易完成。」

「我懂，克萊兒。但我覺得那是一種挑戰。例如你有一個超棒的主意，客戶卻不喜歡，但你又眞的想做，最後好不容易成功說服客戶。那滋味眞是令人難忘。」

「我想你比我更適合這工作。總之來倫敦之後，我漸漸習慣了。」

「這裡和小城市艾希特不一樣。」

「非常不一樣。你知道的，搬這個家我是眞的很開心。」

「我們來乾杯。敬新的開始、新的朋友。」他們輕碰玻璃杯。

「好啦，新朋友，我們坐下來吃飯。希望我不會把你毒死。」

他們吃飯時，我對那些食物一點興趣都沒有，就只是坐在桌下，靜靜偷聽。我發現喬外表很帥，他有一頭耀眼的紅髮，還有對藍眼睛，但他人好無聊。他一直在說自己的事，但我最氣的是克萊兒專心聽著他每一句話。她幽默聰明，親切可愛，但晚餐時她變得好無腦，很像強納森以前約會的女人，無論他說什麼，她都會附和。就連他說自己喜歡打獵，克萊兒也附和，但她明明就不喜歡。我搬進來時，她千叮嚀萬交待不准我殺死動物，帶進屋裡，因爲她相信生命寶貴，不能爲殺而殺。要是我能回答，我會告訴她這只是貓咪表達愛意的方式，但我還是尊重她的想法。結果現在這白痴坐在她對面，大聊特聊狩獵季和拔野雞羽毛的事，她卻一聲不吭。我差點想去抓隻鳥來教訓她。

但我只在桌下生悶氣，後來他們起身回到沙發上，開始激烈擁吻，彷彿在和彼此摔角。我不知道該不該去救克萊兒，但她聽起來不像需要幫忙。

「妳眞美。」喬暫時將嘴唇從她雙唇移開說。

「你也是。來吧，我們去床上。」他們頭也不回跑上樓，看來兩人都已把我拋在腦後。

我坐在地上，望著夜空，愈來愈不安。我擔心自己對強納森和克萊兒來說可有可無，但又眞心希望事實不是如此。就算我有四個家庭，生活依然缺乏保障。尤其現在，克萊兒和強納森找到的「朋友」似乎都不喜歡我。我從沒想到會遇到這樣的轉變。

贏得主人和其他貓的心是一回事，但這兩人又是另一回事。即便愛格妮絲起初對我冷冰冰，我仍看得出她是隻善良的貓。強納森也是，雖然他的善良埋藏在內心很深處，但我就是看得到。可是，無論是菲莉琶或喬，我都不覺得他們善良。我怕他們會傷害我。

24

我難得見到法蘭西斯卡哭泣。那天托瑪士不用去上班，他帶兩個孩子出門，要妻子留點時間給自己「好好休息」。但她沒這麼做。她拿出電腦，泡了杯濃濃的咖啡，並和螢幕上的人說話，我猜那是她母親。除了斑白的頭髮，臉上有更多皺紋外，她母親和她十分相像。她們聊到一半，我跳到她大腿上，兩人見了都大笑。我聽到法蘭西斯卡說我的名字，所以我猜她介紹了我。

他們用波蘭語聊了許久，後來法蘭斯西卡淚水奪眶而出。剛才我已從她腿上跳下，看到她哭我趕緊又到她身邊，她將我攔腰撈起，緊緊抱著我。我通常不會偏心，但這一刻，我最愛法蘭西斯卡。

「喔，阿飛。」她聲淚俱下，哭得我心都

要碎了。「我好想媽媽，想我所有的家人，爸爸和妹妹，有時我覺得自己再也見不到他們了。」我望著她，希望能表示我明白。我眞心明白，無論在哪我都感受得到失去的悲傷；它藏在我的毛皮下，藏在我的爪掌間，藏在我的心中。

「我愛托瑪士和兩個孩子。我知道我們來這裡是爲了更好的生活，托瑪士也愛他的工作。他是個優秀的廚師，這裡有好機會讓他發揮。我們結婚時，我便知道他有遠大的抱負，我知道他想開自己的餐廳，我眞心覺得有朝一日他能實現夢想。我一定要支持他，我也這麼做了，但我好寂寞又好害怕。」我知道她的感受。

「孩子在時，我都能撐住，但剩我獨自一人時，恐懼全湧上來。我不希望托瑪士知道，因爲他每天都那麼拚命工作，精疲力盡，努力讓一切順利。這裡工作比較好，但花費也好高，所以他很擔心，我們兩個都很擔心，有時我會懷疑這一切值不値得。爲何不待在家鄉就好？我明白他想要更多，無論是爲了自己，爲了我們或是孩子。」而我親愛美麗的法蘭西斯卡說完，便將頭埋入手中，放聲大哭。

我們就這樣依偎在一起，過了好久好久。她最後輕輕將我放到地上，起身進到臥室去洗了洗臉，然後像克萊兒一樣在臉上塗一些東西，才抬頭挺胸，面對鏡子練習笑容。

「我不能再這樣了。」她說。我不知道她是否經常這樣，我真心希望她沒有。但我從沒和她單獨相處。我是常常看到她目光茫然，可是只在片刻偷閒時，她才會露出那神情。

她振作之後，門鈴剛好響起。她赤腳走下鋪著地毯的樓梯。是寶莉站在門後，笑容滿面，拿著一瓶紅酒。

「妳好！」法蘭西斯卡一臉驚訝，我也是。寶莉不常笑，我頭一次見她笑得如此輕鬆。

「妳猜發生什麼事？我們剛才去接麥特下班，回家路上，我們遇到妳家的托瑪士。」她興奮到喘不過氣，看起來比之前更加容光煥發。「總之，兩男人開始聊天，他們聊到足球的事，麥特想讓托瑪士在大電視上看比賽——當初買那台大電視，麥特可是得意又驕傲。不只如此，他們還答應要照顧孩子。這代表我們倆有自己的時間喝點酒！噠啦。」法蘭西斯卡有點疑惑，但她仍笑了笑。

「妳最好趁他們改變主意前進來。」兩人大笑。

「我通常是不敢讓亨利離開我視線，但他副食品吃得很順利，我也擠了些奶備著，所以麥特說，我當然可以給自己放個假，就去喝杯酒也行。」

寶莉跟著法蘭西斯卡進到廚房，她替兩人都斟杯酒。

「Na zdrowie（波蘭語：乾杯）。」法蘭西斯卡舉杯說。

「我希望這是『乾杯』的意思。」寶莉說。

她倆坐到客廳，我也加入她們。寶莉沒怎麼注意我，我盡量不去計較，但話說回來，她根本很少理我，很像我是可有可無的存在。不過這也不是針對我，她現在是對任何人事物都提不起勁。我心底明白她不是壞人，不像那些近期闖入我生活中的人。

「所以妳還好嗎？」法蘭西斯卡問。

「我想是吧。我知道聽起來很糟糕，但亨利出生後，我一步也沒離開過他身邊，連一小時都沒有。我的意思是，雖然麥特照顧他時，我一直在睡覺，但我從來沒躲到另一間房子裡。我還是頭一次距離他這麼遠。」

「我們做母親的有時也需要休息。」

「沒錯，真的。可是我已經有點罪惡感了。」寶莉的快樂相當短命，她雙眼蒙上陰影。

「母親的罪惡感，打從一開始懷孕就會有了。」法蘭西斯卡無奈地笑了笑。

「我想也是，我媽也這麼說。我好想我媽。」寶莉雙眼流露悲傷。

「喔，我也是。我好想她。」

「妳看，我們有很多共同點。」寶莉露出微笑。她牙齒潔白無瑕。我相信這女人可以當模特兒。

「既然是這樣，丈夫送了什麼禮物，我們就要心安理得收下。但我丈夫太忙了，他很少送禮物。」

「我丈夫也是。好，不准再抱怨了，我們好好享受。雖然只有一小時，但重要的是要盡興。」

「沒錯。寶莉，妳是我的第一個英國朋友。」

「妳是我的第一個倫敦朋友，其實也是我第一個波蘭朋友。眞高興能跟妳當鄰居。」她倆說著說著都變得感性起來，我也有點感動。這一天就是個容易觸動情緒的日子。

寶莉要回去了。她們也沒喝多少，才幾杯酒，但有說有笑，十分開心。托瑪士帶孩子回來時，寶莉正準備下樓，她就跟剛過來時一樣容光煥發。

「拜，法蘭。」寶莉親吻她雙頰，叫得十分親暱，法蘭西斯卡喜歡寶莉這麼叫她。

「麥特，是個好人。」送完客之後，托瑪士說。

「很好的一家人。我覺得我們可以當朋友。」

「對，我一直以爲他們看不起我們，因爲我們是波蘭人。」托瑪士臉色一沉。

「我知道，但也不是每個人都會那樣。至少我們的鄰居不會。」法蘭西斯卡眼神也黯淡下來。

「可是其他人……」

「別說了，托瑪士。我眞的不想聊這個。」她眉頭深鎖，充滿擔憂。

「對不起，但我覺得我們應該聊一聊。」

「只是一個婦人而已，她不久就會住手了。她年紀很大，不了解現代社會。」

「可是我們沒領補助，我不想讓妳在街上受委屈。」

「拜託，不要管我，托瑪士，你難得有一天放假。拜託，不要弄得大家不愉快。」她去找孩子了，我聽不懂她說的話，也不知道自己錯過了什麼？聽起來好像有人對她說了冒犯的話。居然有人敢傷法蘭西斯卡的心，要是被我遇到，我一定會朝他們哈氣和吐口水，並把他們的臉抓爛。

我蹲坐在門口，等人幫忙開門，同時心裡滿是問號，但我該去找克萊兒和強納森，也是時候該去看看晚餐菜色了。

25

事情愈來愈糟，讓我更加憂心忡忡。我的計畫到此之前並非沒有小插曲，但總體來說，事事都一帆風順。但這個月，一切分崩離析。

強納森愈來愈常在外過夜，他經常忘記留食物給我。事後他會裝出懊悔的模樣，並像隻瘋貓一樣竊笑，所以我一點都不相信他。他和討人厭的菲莉琶情投意合，而她對我是樣樣不滿意。每次她來到我們家，都會抱怨東、抱怨西，一下說我跳上家具，一下嫌我身體髒。這女人說謊都不打草稿，我明明是所有貓咪中最乾淨的，對這點我可是非常自豪。總而言之，她就是不喜歡我。昨天晚上，我在晚餐時間來到強納森家。那個女人——菲莉琶坐在「我的」沙發上，強納森坐她旁邊。他在看文件，她在讀雜誌，兩人坐在那，像是交往很久似的。我氣得貓毛都豎起來了。強納森抬起頭，發現我來了。

「阿飛，我還在想你去哪了。我在廚房留了點晚餐給你。」我望著他，我剛才明明沒看到任何食物。

「喔，不，我把那些收進冰箱了，食物留在外頭好噁心。」菲莉琶說。我狠狠瞪著她，就連強納森都一臉驚訝。他起身走進廚房，我跟著他。他從冰箱拿出我的晚餐，放到地上給我。

「抱歉，小老弟。」他說完便走回客廳了。

我吃完之後，他們仍坐在原位。我跳到強納森大腿上，感謝他的晚餐。

「你不介意他跳到你身上？」菲莉琶問，她一臉譴責。依我看，那表情可說是不屑。

「不會，完全不會。他很乖。」

「我覺得不該讓寵物跳到家具上。」

「他還好，他貓毛也掉得不多。」聽到強納森爲我說話，感覺很好笑。畢竟我們剛認識時，他也各樣挑剔指責我的不是，不希望我碰家具，甚至不希望我進他家。

「反正這樣不好。你上班時他都在幹麼？他晚上睡哪？」我又好想過去抓爛她那張臉。她超沒禮貌！

「他會做貓做的事。他會打獵，或和其他貓玩。他感覺天天都很開心，也總會回家，幹麼擔心？」

「只是對我們這種人來說，養寵物很不切實際，」她說：「既然他去哪你都不在乎……」

「我們不是在講貓嗎？怎麼感覺好像在講一個青少年？」他大笑。她也笑了，但笑容很僵，彷彿臉要裂開了。

「隨便，強納森，你能載我回家嗎？我雖然想留下來聊貓的事，但我必須回家準備明天的工作。」

「沒問題，親愛的。我去拿鑰匙。但我必須馬上回來，有些地方還要核對。」

強納森去拿鑰匙時，她惡狠狠瞪我。我朝她哈氣，她大笑。

「別以為你能跟我鬥。」她朝我低吼，強納森回來時，她馬上變回嬌媚動人的模樣。

最難過的是，他們上床睡覺時，我再也沒有喀什米爾毛毯能躺了。我有次跟著他們進房間，菲莉琶大聲尖叫，好像我會殺了她一樣。哼，能殺早殺了！後來強納森將我抱起，帶我到樓梯口，還關上臥室門，將我拒之門外。看來只有她不在時，他才希望我進臥室。

面對她的批評，強納森雖然會四兩撥千金，但他從未替我辯護，這點令我十分失望。有段時間，我是他唯一的朋友耶，現在他似乎忘記了這點。這個叛徒！

克萊兒也差不多。我那可愛甜美的克萊兒對喬死心塌地，她似乎覺得他是宇宙的主宰。無論他說什麼，她都會附和或大笑，好像他有多幽默，其實他無聊得要命。最大的問題是喬總會來她家。他說自己的公寓不大，室友又很討人厭，所以頭一次晚餐之後，他就經常住在克萊兒家，簡直像是搬進來了一樣。雖然他沒對克萊兒說我的壞話，但他比菲莉琶還糟糕，他會假裝喜歡我，可是克萊兒一不在，他會瞪著我，好像我是世上最噁心的東西。他有次還出腳想把我踢開。幸好我反應快，才沒被踢到。當然，這讓他更生氣，但只要克萊兒在，他都掩飾得很好。雖然克萊兒一直記得餵我，但喬在家時，她也差不多把我當空氣。我不再受歡迎了。別人不希望我在時，我心裡有數。

瑪格麗特一直都很可靠，但這些人不一樣。我問虎咪這件事時，她說她也不懂。她主人絕不會不理她，而且一家子都很善良。話說回來，他們都是愛貓的人。我眞希望強納森和克萊兒能跟愛貓的人在一起。我知道爲了自己的未來，我必須將喬和菲莉琶趕出我的生活，不准他們靠近克萊兒和強納森。只是我現在還不知道該怎麼做。

另一個問題是天氣。我一向只在晴天出門，後來被迫流浪，我才勇敢面對各種天氣，最後存活下來，但我仍不喜歡下雨天。結果這一整週雨都沒停過。克萊兒說今年夏天來得早，但我不懂爲何因此會下雨。雨下個不停，雨勢又大，我中間只鼓起勇氣走到二十二號公寓一次，所以距離我上次見到法蘭西斯卡、寶莉和其他人，已經有好幾天了。我不是坐在克萊兒家窗邊，就是坐在強納森家窗邊，心情沉重地看著大雨拍打窗戶。

這天正當我在克萊兒家窗前向外望，喬和克萊兒下樓了。

「對不起，親愛的，但我餵完阿飛就要趕快出門了，我一早要開會。」

「沒空跟我喝杯咖啡？」他問。

「我會這麼趕都是你害的。」她咯咯笑。「你想喝咖啡的話，自己喝完再走，好嗎？」

「沒問題。」他說完笑嘻嘻捏了她屁股一把。克萊兒走到廚房餵完我，穿上大衣就走了。他目送她離開，接著轉頭望著我。

「你不想淋雨，對不對？」他說。我猶豫地喵一聲。「那也沒辦法。」他粗魯地從脖子將我拎起，直接扔出前門。我四腳著地，我超生氣，脖子隱隱作痛，雨還陣陣打在身上。我氣呼呼抖了抖身子，大步走開。

我想說反正身體都溼了，不如鼓起勇氣去看二十二號公寓的大家。我到了二十二號，全身毛皮都已溼透。我喵喵叫，伸爪抓著法蘭西斯卡家門，但沒人應門。寶莉家也聽不到任何動靜，我不知道他們是不是一起出門了，但天氣這麼糟，我不懂他們為何出門。我好沮喪。雨勢漸漸變緩，我漫步到公園池塘。今早太悲慘了，我決定來追隻蝴蝶或鳥，讓自己開心一下。沒想到下雨天，牠們全都躲雨去了。我來到池塘邊緣，發現四周什麼都沒有。於是我只好追著自己的倒影玩。我愈來愈靠近我的倒影，那裡的草地一片泥濘，一個反應不及，我的身子便往下滑。我拚命伸爪想抓池邊土地，但岸上又溼又滑，根本抓不住。我用盡全力掙扎想逃離烏黑的水池，卻還是一點一點滑向那冰冷深淵。我大聲哀號，內心恐懼，不知道落入冰冷的水中該怎麼辦。我不會游泳，也不知道要怎麼逃出去。我看到九條命中的另一條命飄起，又拚命亂抓一陣，想找到個東西支撐，任何東西都好。我放聲大叫，當我發現自己再也抓不住，屁股朝下落入池塘時，我已萬念俱灰。我「噗通」一聲落入水中，頭一個升起的感覺是，好冷。我再次放聲大叫，想從水中爬出，但水卻一直淹過我的頭。我愈來愈無力，眼看就要溺死。

「阿飛，是你嗎？」我聽到熟悉的聲音大叫。我的頭短暫接近水面，發現是麥特。我想再次喵喵哀叫，卻發不出聲音。我浮浮沉沉，唯一聽得到的是嘩啦嘩啦的水聲。

「阿飛，撐住，我來救你了。」麥特大叫。我用爪掌努力划水，看到麥特跪在泥地上，奮力向前伸。

「我拿了樹枝，抓住。」他說，我瞥到他朝我揮舞樹枝。我想用爪子勾，但太遠了，我又往下沉入水中。等我再次浮出水面，我看到麥特已是全身在池塘中。

「阿飛，我來了。拜託你別亂動。」我聽到他的聲音，感覺他想抓住我，但水流又將我拉入水中。

我全身無力，感覺再也動不了了，但我再次奮力一搏，努力游向水面。我雙眼緊閉，感到一隻手抓住我。那隻手緊扣住我時，我不禁大叫，一瞬間，一切靜止。我再次睜開眼，發現自己已在池塘邊，躺在麥特身上，他全身溼透，衣服沾滿泥巴。

「天啊，我以為救不到你了。」他緊緊抱著我。我精疲力盡，癱軟在他懷裡，什麼都聲音都發不出來。「我們帶你回家擦乾，再看要不要帶你去看醫生。」我總算獲救，全身虛脫，動也不能動。

我們回到公寓，他帶我到浴室，用毛絨絨的毛巾將我裹起。接著他去換上乾淨的衣服。我蜷在毛巾裡，累到動不了。他溫柔地帶著我到客廳，將我放在沙發上。他端了一碗牛奶來，我心懷感激喝了點。

「你在幹麼?怎麼會掉到池塘裡?」他問。我短促叫一聲。「池塘潮溼又泥濘的時候不要靠近。可憐的小貓咪，你好一點了嗎?」我發出呼嚕聲，力量漸漸回來，麥特讓我感覺好多了。我好氣自己害自己身陷危險，但至少我還有七條命。

「你在想他們在哪嗎？寶莉、法蘭西斯卡和孩子？」他問。我輕輕嗷了一聲。「他們出門了。法蘭西斯卡帶孩子回波蘭幾週。托瑪士訂了機票，給大家一個驚喜。而寶莉中了病毒，我們商量後，覺得她最好回娘家休養。我週末會去那裡陪她，直到她康復才會回家。」他摸了摸我漸漸變乾的毛皮。「我今天下午在家工作，所以你可以跟我一起！」他開朗又善良，我瞬間感覺精神好多了。

我好感激麥特，但這次差點喪命，法蘭西斯卡和亞列克西卻不在我身邊，讓我很難過。我知道這是在自怨自艾，而這一切全是那個爛人喬害的，但麥特讓我感覺好溫暖。我確實再度感到寂寞，我好想念我的家人。

因爲天氣差，我最近都沒見到大家，所以也不能怪他們出遠門沒說。上次有聽到法蘭西斯卡想念母親，寶莉也需要空間。所以我試著不要只想著自己，並爲她們高興，大家雖然不在，但他們會回來。大家只是離開幾週，就連對沒有安全感的我來說，這時間也不算長。

喝完牛奶，我蜷臥起來，在麥特和寶莉的沙發上睡著了，我想到所有我愛的人，包括過去的瑪格麗特和愛格妮絲，還有現在的克萊兒、強納森、法蘭西斯卡、兩個孩子、寶莉、麥特和亨利。雖然世事不是盡如貓意，但我沒理由抱怨。不久之前，我連半個家人都沒有，現在能擁有這一切，我要心懷感激。

幾小時後我醒來，身體好多了，貓毛也都乾了。我甩了甩身體，跳下沙發，毛巾已被我的貓毛弄溼。我跳到麥特大腿上，吸引他注意，接著我又跳下，站到前門。

「啊，你想走啦？」他笑了笑。「這樣至少代表你沒事了。很好笑，我們全都在想你離開這裡的時候都跑去哪了，但我想你有自己的家，有人在等你。」我頭歪到一邊。麥特打開門。「拜，阿飛，隨時來玩。」

我在克萊兒家等她下班。早上的事我仍驚魂未定，我蜷臥在床中，試著讓身子暖和點。我全身雖然乾了，卻仍感覺得到寒意，還有點心靈創傷。

我聽到克萊兒鑰匙轉動，她走了進來。她獨自一人，所以我走向她，拚命撒嬌。我發自內心需要她的疼愛，比以往更甚。她熱情抱緊我，然後放我下來，走去廚房餵我。

「你今天有點黏喔。」她說著將貓食放到地墊上。我根本黏著她雙腿不放。「我不是在抱怨啦。」她大笑。「我最近覺得你在生我的氣。塔夏說可能是你在嫉妒，因爲我把注意力都放在喬身上。」

我想告訴她，塔夏說錯了，我不是在嫉妒，我是煩死了。但當然我只能嗷嗷叫，不確定表達了多少．

「啊，阿飛，你還是我的最愛。」她深情替我抓癢。「但我會努力一點，讓你明白這點。」她又大笑，我想告訴她，這種事不能拿來開玩笑。

我吃東西時，她手機響了。

「喔，嗨，塔夏，謝謝妳回我電話。」她開心地說，接著停頓一會。「不會，對不起，我原本要去讀書會，可是喬在我回家中途打來，他說他工作非常不順。我說他可以過來，所以我今晚不能去了。」她又頓了頓。「沒有，當然沒有，我哪有見色忘友，可是他聽起來好沮喪。有個客戶投訴他。很慘。」她再次停頓。「謝謝妳體諒，我們明天晚上一起喝一杯，我保證不會爽約。」

我這時好氣塔夏，她爲何要體諒這種事？克萊兒怎能爲這個糟糕的男人，把我們排在後面？我差點溺水都是他害的，畢竟早上把我扔出家門的就是他。

喬一到家，克萊兒已換好了衣服，化了妝，還把原本就一塵不染的房子又整理一遍。

「你好。」她給他一個熱情的擁抱。

「妳有啤酒嗎？」他沒回應她的擁抱，甚至連招呼都沒打。

「有，我替你買了。我幫你拿來。」她一臉疑惑，有點受傷。我內心再次警鈴大作。他不像剛開始對她那麼好了。他不但不喜歡我，現在表現得像是他也不喜歡她了。這種男人配不上我的克萊兒。我突然害怕起來，我自己玻璃心就算了，但這件事不只如此。他坐到沙發上，拿遙控器打開電視。克萊兒拿啤酒來，坐到他身旁。

「你想聊一聊嗎？」她試探地問。

「其實我比較想看足球。比賽快開始了。妳有做晚餐嗎？」

「沒有，你打來之前，我本來要去讀書會，所以沒準備。」

「那妳怎麼不叫中式外賣？」

「喔，好。你要吃什麼？」他語氣冰冷，她聽起來很受傷，我好心疼她。他沒說請和謝謝，什麼都沒說。

「蜜汁排骨、咕咾肉和蛋炒飯。」他繼續盯著電視螢幕時，克萊兒走出客廳。我跟著她走進廚房，她打開抽屜拿出外賣菜單。我摩擦她雙腿。

「他只是因爲工作的事很焦慮。」她輕聲說，我發出嘶嘶聲回答。他這樣是因爲他是個爛人。我一點都沒錯，我第一眼看到他就知道這人很糟糕。貓咪的直覺很準，從不會錯。

他一切都是裝的，裝作喜歡我，裝作對克萊兒好。現在他漸漸露出眞面目。看來克萊兒很不擅長選擇男人，當然她碰上我絕對是幸運。但克萊兒不知道我的貓生準則：絕不要相信不愛貓的人。

我想去找強納森，但我不想在克萊兒最脆弱時丟下她。我感覺此時是她最需要我的一刻。她坐在喬身旁，不敢出聲，我看得出她飽受驚嚇，內心疑惑。外賣來了，他動也不動，也沒打算付錢，就這麼讓克萊兒付了錢，並把食物盛裝到盤子上。

「你要過來吃嗎？」她把菜放上桌時問。

「我要看比賽，不能在這吃嗎？」他凶巴巴地說。

她十分爲難地看著他。

「我真的不喜歡在沙發上吃東西。」她又膽怯地開口：「從這裡你也可以看到電視。」

「喔，妳煩不煩啊。」他咆哮。克萊兒嚇了一大跳。我背弓起，朝他哈氣。

「不准對我哈氣。」他站起來。克萊兒一臉不知所措，但我不怕。我又朝他哈氣。

「你這滿身跳蚤的臭毛球。」他大吼，彷彿想殺了我。我向後蜷曲成球，嚇得大叫。

「喬，你在幹什麼？幹麼那樣吼阿飛？」克萊兒說。她語氣平靜，但十分堅定。喬看著她，我看得出他在思考下一步。

「對不起。」他假裝自己一時失控。「對不起，我不該吼他。對不起，阿飛。我從沒傷害過他。都是工作害的，太慘了。喔，克萊兒，對不起。我們來吃晚餐。我保證會補償妳的。」

她一臉猶豫，但她隨著他進廚房，兩人一起坐下。他伸手握住她的手。

「眞的對不起，我是眞心的，親愛的。」他說。他的虛情假意全寫在臉上。

「沒關係。但你願意跟我說說嗎？工作怎麼了？」

「我客戶的帳目出了問題。他活動預算徹底估錯，所以我向他請款時，他氣炸了，爲了掩飾自己的錯誤，他把錯都怪到我頭上。」

「好過分。」克萊兒說。

「問題在於那是個大客戶，他們威脅要取消合作。所以我在公司眼中就是個代罪羔羊。他們暫停了我的職務，等候調查。」

「可是他們會查出眞相吧？」克萊兒一臉擔心。

「當然會，不會有事，這只是政治鬥爭，但公司已通知我這一週不用上班了。眞的是很羞辱人！」

「我懂，親愛的。你知道，我會支持你的。」

「我眞的很抱歉，而且我非常感謝妳喔。」喬露出微笑。他迷人的僞裝再次回到臉上，像一碟甘甜的奶油，克萊兒照單全收。

我好想朝她大叫，讓她明白這傢伙根本滿口胡言。我想像得到他想要怎樣的支持：想要免費的中式外賣；想看更多足球；想要有人端上啤酒。我以前就聽說過這種男人。

直覺告訴我，喬公司的問題全是他的錯。絕對是他的錯，他不夠好，一丁點都配不上我家的克萊兒。

26

我在強納森家等他下班，並熱切希望他趕快回家。

又一週過去，事情愈來愈糟。我下定決心要在艾格路生活時，我以爲麻煩事都已結束。尋找家園和家人的興奮感已不復存在，這裡變得有好多事需要擔憂，太多不確定了，但我已投入太多感情，不可能拋下他們。當然我也無處可去。

我想念二十二號公寓的家人。只是登門拜訪也沒意義，因爲他們還沒回家，但我有時還是會忍不住去晃一晃。我很思念我的朋友。

強納森家還不錯。雖然討人厭的菲莉琶常在，但其實沒關係。至少我知道自己在她心中的位置。她雖然對我不好，但她對強納森很好，至少有時候是啦。還有雖然強納森不介意，但她眞的很愛管東管西。我愈想理解人類，就愈覺得不懂。

那天晚上，強納森回到家裡，好好摸了我一陣，讓我受寵若驚。

「菲莉琶要出差，所以接下來幾天就剩你跟我了。」我開心舔了舔嘴。我不該這麼高興，畢竟強納森是因爲白痴女友不在家，才想到找我玩，但他給我每一份熱情和愛，我都心懷感激。我決定要好好把握機會和他相處。如果強納森記得我多可愛，他可能永遠不會讓菲莉琶罵我或侮辱我。

我必須固定去探望克萊兒（喬愈來愈懶散了），但強納森和我一人一貓度過了一段快樂的時光。透過摸摸和氣味，我們重新建立起感情，我送了他兩個禮物，表示他再次贏得了我的好感。

怪的是，他雖然晚上會和菲莉琶說話，但我覺得少了她，他生活更開心。說來也怪，她在的時候，他總是戰戰兢兢，拘謹有禮，整齊乾淨。但少了她，他態度更爲放鬆，在家裡會穿著運動服，會把髒盤子放過夜（這當然不見得是好事，畢竟我不邋遢）。但無論如何，我不懂人類爲何這麼笨。我覺得少了喬，克萊兒過得比較快樂，而強納森少了菲莉琶也是。克萊兒從老家搬來時，她和塔夏成爲朋友，並加入讀書會，感覺非常開心。現在她和喬在一起，生活彷彿又缺了一角，身上散發的光芒消失了。菲莉琶在時，強納森一直很緊繃，她離開之後，他其實很高興。

我一點都不懂他們。完全不懂。

接下來幾天，強納森和我培養出了小默契。我仍會留足夠的時間和克萊兒相處，但我更常和強納森在一起。我們一起吃飯，沒錯，我像在天堂一樣吃超多魚，我甚至一點都不想念沙丁魚了。我們還一起看電視，他會拿著啤酒，坐在沙發上，我則依偎在他旁邊，他會心不在焉摸著我。最後，我們會一起到床上睡覺，喀什米爾毛毯也回來了。他還開始跟我說話，說他很喜歡現在的工作，也說週末打算跟幾個新朋友去喝酒，還講到他常去健身房，是因爲他不想「放任身材走樣」。他唯一沒跟我提的是菲莉琶，顯然一切盡在不言中。

即便如此，每天晚上他們會通電話，聊到最後，他依然會告訴她很想念她。他甚至會說他愛她。我眞不敢相信，我不相信他眞的愛她。

這時我想出了一個新計畫。這陣子的事改變了我，給了我新的靈感。我的目標很明確。強納森和菲莉琶在一起不可能眞的快樂，喬也根本配不上克萊兒，所以我靈機一動，覺得我應該要讓克萊兒和強納森在一起。法蘭西斯卡和寶莉能成爲朋友就是因爲我！克萊兒和強納森又都很愛我，他們簡直天生一對。我只是要想清楚該怎麼實現這一切。

有一次，我大聲喵喵叫假裝出事了，努力吸引強納森跟我走。我知道克萊兒在附近，但他手機響了起來，等他講完電話，相遇的機會已經錯過。另一次，我尖叫一聲，拔腿就跑，想讓克萊兒跟著我來強納森家。但她以爲我在玩，還說「不要鬧了，小傻瓜」。因此，目前爲止我已無計可施，但我很有毅力，我知道不能輕言放棄。

我不會放棄的。我太擔心克萊兒了。喬自從吃中式外賣那天晚上後，都沒離開過克萊兒家。唉，有啦，但只是回家去拿一袋東西就回來了。他成天坐著看電視，吃她的東西。她晚上回家，他還擺臉色給她看，然後再道歉，怪罪到工作壓力上。他好幾次想踢我，態度一次比一次凶狠，但我都設法閃過。我不能離開，因爲我擔心克萊兒，但我在那裡卻是愈來愈焦慮。

我好久沒見到塔夏，我好想念她。喬坐在克萊兒沙發上，一動也不動，而克萊兒像隻膽小的老鼠，一直繞著他跑。

喬對她很壞，我知道我必須把他趕走。但他彷彿在她身上下了咒。她沒發現自己不快樂，甚至還花愈來愈多時間去取悅喬。我不懂人類爲何這麼矛盾。我眞希望自己能通知塔夏，我相信她會察覺朋友的問題，我們聯手一定能想出辦法，但我做不到。我只能偷偷摸摸隱身在家，隨時藏在家具下，豎耳聽著一切。她出門後，他經常講電話。我發現他其實已丟了工作，我果然沒猜錯——公司的問題就是他出包了，而且他還不打算離開克萊兒家，因爲他的公寓已經退租了。情況眞是一團亂。

克萊兒在家時，我會在屋內現身。她還是會摸摸我，餵我吃東西，但我發現喬漸漸影響了她。她一臉倦容，整天都不停擔憂，而且又愈來愈瘦了。

一天晚上，她下班回家，喬開口就問晚餐吃什麼。

「我買了牛排。」她語氣疲倦。

「好，很好。準備好跟我說。」克萊兒在家時，他會一直看電視、喝啤酒，把事情都交給克萊兒做。他不整理，也不打掃，甚至不買菜或煮飯。她從未向他抱怨過一句，但我知道這讓她很難受，因爲她很愛整潔。就連我都知道玩具不能亂丟。

我幾乎可以打包票他不會主動離開，最糟的是，我覺得克萊兒也不會趕他走。

我知道自己絕不能拋下克萊兒，讓她獨自面對那個我無法信任的爛人。這是我在這條街上最重要的工作。最黑暗的時刻，最需要我挺身而出。

我每天都在想該怎麼辦。我以前跟瑪格麗特和愛格妮絲在一起的生活單純又安穩，家裡也充滿愛。現在我有兩個主要的家及兩個備用的家，隨時必須爲生存而戰。每個人都讓我陷入焦慮。老天，我只是隻貓，本來就不擅長處理棘手的局面。

27

謝天謝地，大家終於回家了。我走向二十二號公寓，遠遠便透過窗戶看到寶莉。她抱著安穩入睡的亨利。我也看到法蘭西斯卡和她的孩子。我跳到窗前，聽到亞列克西開心大叫「阿飛」。法蘭西斯卡對寶莉說了句話，她開門讓我進去。

噢，多熱情的歡迎啊。亞列克西把我全身摸了個遍，湯瑪斯也是，他感覺比出國前長大不少。法蘭西斯卡笑得合不攏嘴，甚至寶莉都有點高興見到我。她看起來更快樂、更健康了。她雙眼不再有黑眼圈。

「好想你、好想你喔。」亞列克西一次次重複。好溫馨，要是我能哭，現在肯定會喜極而泣。不過這整個下午，我臉上都漾著大大的貓咪笑容。

「妳回來感覺如何？」寶莉問法蘭西斯卡，她將亨利放入嬰兒床，走去替兩人倒飲料。

「我很好。能回家眞好，見見家人，好開心。但我想念托瑪士，孩子也想念父親，我明白我們的家在這。離開家鄉是很不捨，但我很高興能回來。這樣說得通嗎？」

「我懂。見到妳，我也好開心，但我不想回來。我是說，我當然想念麥特，但有我媽幫我顧亨利，眞的輕鬆許多。就算我身體漸漸康復，我還是比較想住在那裡，這話講出口感覺好糟糕。我知道在倫敦生活，應該要向妳看齊，可是我眞的很怕回來。」她又一臉難過。

「喔，寶莉，我眞是爲妳難過。但妳一定要跟麥特聊一聊。」

「不用啦。他的工作很重要。我以前是模特兒，生下亨利之後，我不可能重操舊業，當然我也不想。所以我們必須爲未來做最好的打算，而未來就在這裡，麥特的工作就在這裡。他在這裡賺得比曼徹斯特多，不只這樣，這裡機會也更多。我只希望自己能更擅長帶小孩一點。」

「喔，寶莉，妳做得很好。只是這眞的很辛苦。我一直就覺得帶孩子不容易，只是現在他們比較大了，負擔輕一些。或者，你媽能不能來這裡？」

「妳有看到公寓多小嗎？妳當然知道，這裡跟妳家一樣！」她大笑，心情似乎好轉了。

「空間不夠，我懂。總之我們就盡力而爲吧？」

「對，法蘭西斯卡，我們要加油。不過妳眞的好厲害，眞的。」

「我也在努力。寶莉，我出國前沒來得及告訴妳，我們爲何出國……是托瑪士逼我回家的。街上有人對我很壞。他們聽到我對亞列克西講波蘭語，是我不小心就說出口了，結果他們說：『外國人是來賺我們的錢和拿我們的補助，你們最好滾回去。』」

「好過分。」我現在懂出國前她在說什麼了，也懂了她哭泣的原因。可憐的法蘭西斯卡。

「對，而且不是男孩子。就是那個你們怎麼說的？」

「不良少年？」

「對，不是那個，是個老太太。白頭髮。每次我見到她，她都會罵我。可是我們沒有拿補助。」

「我知道你們沒有。說眞的，別聽那種人亂說。歧視永遠都在，但其實是他們自己心胸狹窄而已。」

「我擔心他們會罵我小孩。」

「聽著，夏天結束，亞列克西就開學了。他不會有事的，到時他會交一大堆朋友，然後妳會發現事情沒妳想得那麼糟。」聽到寶莉安慰和鼓勵人很有趣，通常是反過來才對。

「謝謝妳。認識妳讓我充滿希望，大家都會跟妳一樣。不像那個老太太。」

「平常都是妳在安慰我！」寶莉說，她又讀到我的心思了，她走到法蘭西斯卡面前，給她一個擁抱。我心裡一陣溫暖。我覺得自己促成一段美好的友誼，這是我努力做到的一件好事。我怕自己失去克萊兒，也害怕菲莉琶回來，強納森不再和我親近，所以我珍惜著眼前這份感情。每當我有點難過時，只要想起這畫面便會露出我的貓咪笑容。

法蘭西斯卡回到公寓替孩子泡茶時，我也離開寶莉家，散步回克萊兒家。但她不在。我一陣興奮，想說她下班總算出門透透氣了，但我看到喬還躺在沙發上，於是我馬上跑出門。我來到強納森家，鑽進貓門。我看到菲莉琶嚇了一跳，她坐在廚房餐桌前，面前放了台電腦。她穿著一件洋裝，通常她不會這樣穿。她似乎費盡心思打扮，我腦中閃過一個念頭，不知道她怎麼進門的，強納森顯然不在家。我大聲喵了一聲。

「喔，臭貓。」她驚呼一聲，稍微嚇了一跳。「我還在想說這趟回家不會遇到貓呢。去，走開。」

她說「回家」是怎麼回事？這裡又不是她家。我心裡一陣驚慌。要是她和喬一樣也搬進這個家來怎麼辦？我衝進客廳，躲到椅子底下等強納森。

「有人在家嗎？」他打開前門時大喊。

「在廚房。」菲莉琶回答。他走進去，我跟在他身後。她跳起來，雙手勾住他脖子親吻他。那模樣簡直像是想吸走他的生命。我摩擦他雙腿，想提醒他這週我才是他最好的朋友。

「你們是我在這世上最喜歡的兩個人，喔，是一人和一貓。」他開玩笑說，並彎腰摸了摸我。

「你可以別管貓，專心在我身上嗎？乾脆我們上樓吧。我們要好好彌補這段時間。」

「讓我先餵他。」強納森說，我好開心，但菲莉琶瞬間變臉。他放了幾隻明蝦到碗裡給我，接著兩人就走上樓。我知道自己輸了就是輸了，但至少我有明蝦吃。

過一會，他們又下樓了。她穿著強納森的T恤，他穿著浴袍。

「妳想吃什麼？」他問。

「除了你嗎？」她咯咯笑說。她表現得好奇怪。也許和克萊兒一樣，她喝太多酒了，但我沒看到她有喝。

「不然你訂咖哩好了？我知道你最喜歡吃咖哩了。」她說：「我們可以開我帶的香檳。」

「好啊。」他們討論了一下要點什麼，強納森點好餐後，打開香檳，倒入高雅細瘦的玻璃杯。

「我們來乾杯。」菲莉琶說。

「敬什麼？」強納森問。

到。

「敬我們，還有我覺得我們應該同居。」我慶幸自己沒喝東西，不然我一定噎到。

「什麼？同居？」強納森說。幸好他表情也有點訝異。「但我們交往沒多久！」

「我知道，可是我們認識彼此好幾年了，而且為什麼不要？我是說，我們相處得來，也到了這年紀，我覺得不用再等了。」

「只是有點突然，簡直可說晴天霹靂。我們不是應該先討論嗎？」我不確定強納森是疑惑，還是恐懼。但我絕對是嚇死了。我覺得自己的命運在走下坡。

「喔，別像普通男人一樣。聽著，我去出差，我很想念你。我們交往之後，我們一直都生活在一起。這是合理的一步。」

「可是……」

「我知道，我們只交往兩個月，但只要遇到對的人，就不用遲疑了！強納森，你四十三歲了，我也快四十歲了。我們兩人都事業成功、有魅力又聰明。等待有什麼意義？」不得不承認，她非常有自信，明確知道自己想要什麼。

「好吧，我不確定。」我發現強納森香檳一口都沒喝。其實他似乎臉色鐵青。

「不確定什麼？我嗎？」菲莉琵厲聲說。

「當然不是。我當然覺得妳很好，只是我對同居不大確定。我是說，我們要住哪裡？」他問出問題看來鬆了口氣。

「當然不是這裡。我是說，這房子很漂亮，但地段不好。我的公寓在肯辛頓，那裡非常適合我們。」

「我知道妳家很漂亮，地點也很好，但我真的很喜歡這裡。」聽到房子被批評，他有點受傷。我剛認識強納森時，他傲慢又自信，我不懂他怎麼會想跟這種女人在一起。我知道她外表漂亮，但說真的，她個性一點都不好。

「好，但你知道這裡離市中心有點遠，去哪都不方便吧。何況，你可以把這裡租給別的家庭，這裡很適合出租。」

「但我才剛搬來。」

「強納森，你有什麼毛病啊？我心甘情願把我整個人毫無保留交給你，也讓你住進我豪華的肯辛頓公寓。想像一下，我們可以體面地招待客人，這對我們事業會有幫助。你這裡不適合邀客人來——又不是多上流的區域，對吧？」

「夠了，菲莉琶，」強納森生氣地說：「我知道。我只是不確定自己想不想搬進妳家。」

「別傻了，你當然想。」我好驚訝她仍一點都不猶豫。

「我眞的很喜歡妳，我們相處也很開心，但我們能不能先維持這樣？暫時而已。」他有點在求饒。我內心開始雀躍。在此之前，強納森都很眞心喜歡著她，雖然不像克萊兒對喬一樣死心塌地，處處小心又害怕，但我覺得他常牽就她。

「不行，強納森。我想定下來。我三十九歲了。我今年想成爲公司合夥人，他們喜歡已婚人士，我至少要定下來才行。我想結婚，我想在四十一歲前生小孩。沒什麼好等了。」

「哇，菲莉琶，等一下。究竟是怎麼回事？」我稍微後退，強納森也從她面前退開。「就像妳剛才說的，我們只交往兩個月。妳出差之前，我們都相處得很開心，我們一起吃晚餐，妳在這過夜，一切都很美好，但沒到那麼認眞。妳不能去紐約出差一趟，回來就要我搬去跟妳住，娶妳爲妻，還要讓妳生小孩。」他勉強笑了笑。

「我可以，也明說了。聽著，強納森，這很合理。你看看你，你以前在新加坡原本事業平步青雲，結果現在只能在這裡屈就。」

「謝謝妳提醒。」他一臉不悅，我走向他，在桌下磨蹭他雙腿。

「我的重點是，我有個好工作，前景大好。你可以支持我，並一步步爬回巔峰。

我們會是絕佳的組合，我們會讓彼此很有面子。」
「這樣聽起來像是商業關係。」他語氣悲傷。
「當然不是，但你知道，我也不是戀愛腦。總之，那就是我想要的，我想要的，我就要得到。」她十分果斷，眼神堅定如鋼鐵一般。
他們沉默對坐好一陣子。我突然好奇，這番變動之後對我有什麼影響。我不知道肯辛頓是哪裡，也不知道離這裡多遠。我有一種可怕的預感，那裡很遠，遠到我不可能去拜訪他。我必須待在這裡，和租下房子的人生活。我愛強納森，但我也愛克萊兒和法蘭西斯卡一家人，我還漸漸喜歡上寶莉和麥特。我感覺一股恐懼竄過我的毛皮。我不希望他去，要是我再也看不到他怎麼辦？我突然發覺我好愛他。
「阿飛呢？」強納森突然問。我開心到想跳起來。菲莉琶瞇眼看他。
「我的公寓大樓不准養貓。」她無情地說。
「我不能丟下他。」強納森平靜回答。
「喔，我的老天。貓隨時都可以換人養。你可以替他找個新家，我們刊個廣告。」
「菲莉琶，妳是沒半點同情心嗎？阿飛**是**我的貓。我愛他。」我全身發熱。他也一開始甚至不是你的貓！」

愛我。我朝菲莉琶大聲哈氣。
「該死的臭貓。」她尖叫。「你有聽到他怎麼對我哈氣嗎？」她氣瘋了。
「誰叫妳罵他。」強納森嚴肅地回答。
「喔，拜託一下，強納森。他是買房子送的，你跟他一點都不熟。這對你形象不好，我們攤開來說吧，他就只是一隻該死的貓。」
「我認識他比跟妳交往還久，」強納森靜靜地說：「我剛回來時，狀態非常不好。他算是救了我。」我內心漲滿了驕傲與自豪。是我，救了他！他終究感受到了。
「他救了你？」
「我感覺寂寞時，他都一直陪伴著我。」強納森說出口時，自己也有點驚訝。得到他認可的我，感覺無比光榮。
「好，爲了區區一隻寵物，你竟然變這麼愚蠢，那你終究不是我想像中的那種人。我要回家了，給你點時間好好想清楚。」
她起身，惡狠狠瞪了強納森一眼後才上樓拿東西。我們聽著她腳步砰砰作響，生氣地甩門，但強納森動也不動，我也是。我靠著他，蜷臥在他腿旁。

她過一會再次下樓，走到門口。

「這件事你會後悔的。哪個白痴會不選我而選貓？難怪你這麼失敗。」她不客氣地說，比我見過任何一隻貓都還惡毒。

「拜，菲莉琶。」強納森過了好一會，才開口說：「天啊，這女的是怎麼回事，她原本是個輕鬆有趣的女友，怎麼突然變成瘋子。」我想說我從來不覺得她有趣，但我不會表達。「總之看來我是逃過一劫。阿飛，你又救我一命了。」我驕傲地發出呼嚕聲。我好開心，想告訴強納森不客氣。我拯救了我們，趕走了邪惡的巫婆。更好的是，雖然他仍驚魂未定，但他感覺並不難過。我只希望他不會後悔。但現在我必須相信他。他贏得了我的信任。

「對的人很快就會出現了。」

聽到這句話，我想起了我的計畫。「她已經出現了，就在路的那頭。」我好想大聲尖叫。我們擺脫了菲莉琶，現在就只需要趕走喬，讓克萊兒和強納森在一起。我完全不知道該怎麼做，但要是眞能實現的話，我會是全世界最快樂的貓咪。一想到此，我心臟興奮地咚咚跳動，我又往理想的目標邁進了一步。

28

我那天晚上沒回克萊兒家。我不想離開強納森身邊。他證明了他對我的一片眞心，我也想把我的眞心回饋給他。菲莉琶離開後，我們一起看電視，然後他帶我回房間，讓我躺到他珍愛的喀什米爾毛毯上。我做了一個美夢，夢中我感覺無比溫暖，覺得自己被愛且被人需要。最近幾週我都覺得生活一片混亂，內心惶恐不安，這頓覺像一場及時雨，也是我近期睡得最好的一次。

這天不用上班，但我一早起床，就坐到強納森胸口。他咕噥一陣，睜開雙眼，驚訝中輕輕將我推開。我輕輕賞他鼻子一頓貓拳。

「喔，阿飛，你嚇到我了。」他嘟噥。我露出貓咪笑容。我根本高興都來不及，哪裡會怕被罵。「天啊，你餓了喔。好啦，我來了。」

讓我先去上廁所，再替你弄早餐。」我開心喵喵叫。「什麼啦，也許我應該選菲莉琶，至少她沒那麼麻煩。」我看著他，一臉震驚，但他見了大笑。「開玩笑的。好了，等一下樓下見。」他衝進旁邊的淋浴間，我走下樓等著吃早餐。

我們不趕時間，但吃完早餐後，強納森說他要去健身房，所以我想該要去找克萊兒了。我做好心理準備。畢竟從上次看到他們之後，誰知道喬又做了什麼？

我走進屋裡，看到克萊兒在做豐盛的早餐。

「我還在想你去哪了，」她說，「我都擔心起來了，阿飛。」她一臉悲傷，我摩擦她的雙腿。我不懂人類不快樂時，爲何都不改變。喬顯然讓她不快樂，她應該要把喬踢出去。她彎腰摸我時，我熱情舔了舔她的鼻子。她咯咯笑了笑。最近這間房子毫無歡笑，聽到她的笑聲令人欣喜。

克萊兒狀態不好。她看起來像剛搬來那時的克萊兒，身材乾瘦，臉色蒼白，雙眼有著黑眼圈，嘴角下垂。

「早餐好了嗎？」喬問，他穿著運動短褲和破舊的T恤出現在廚房門口。

「快了，去坐著，我會拿過去。」她盛了一盤食物，拿進客廳，放到一張小餐桌上。他坐下來，連謝都沒謝，便開始吃了。

「妳不吃嗎？」他終於發現她仍站著。她拿著馬克杯坐下來。
「沒有，我只喝咖啡。我不餓。」
「乖女孩，不想要變胖，對不對？」他語帶嘲諷，並回頭繼續吃。這爛人愈來愈糟糕，惡劣到讓我大開眼界，尤其我家克萊兒明明人這麼好。盤子食物成堆，他吃得狼吞虎嚥，醜態畢露。蛋黃從他下巴滴下時，他居然用手去擦。我望向克萊兒，我看得出她無法接受。我再次心碎，卻仍舊不知道該怎麼辦。
幾小時過去，克萊兒洗乾淨盤子，給我一點炒蛋吃（我眞的好喜歡吃蛋），還稍稍整理一下家裡，這時喬換上牛仔褲和襯衫走下樓來。他看上去俐落多了，至少比較正常。但當然我是知道他眞面目的。
「你要出門嗎？」克萊兒問，聲音微弱到幾乎聽不到。
「我跟妳說了，今天是蓋瑞的生日，我們要去打保齡球，然後一起出去。」
「喔，對不起，我忘了。」
「好，別等我。」
「好好玩。」克萊兒朝他微笑，但他理都不理她。
「好。喔，對了，可以借我三十英鎊嗎？就這幾天？公司還沒把該給我的錢還我，他們答應這週一定會匯。」我知道這是謊言。喬從克萊兒那拿錢好久了，從來沒還過。我好想抓爛他的臉，咬他幾口，但我知道那只會讓情況更糟。

克萊兒去拿皮包，拿著三張鈔票回來，交給他。喬收下時連正眼都不看她。他直接將鈔票塞到口袋，一句謝謝都沒說，甚至沒和她道別，一聲不響走出門了。克萊兒一臉不解看著他離開，像是在納悶剛才到底發生什麼事，我也眞的覺得她搞不懂。我相信她不懂爲何這男人原本處處討她歡心，現在卻白住她房子、白吃她的食物、白拿她的錢，還對她一點都不客氣。她眼神充滿疑惑，彷彿想不透自己怎麼走到這一步，同時還束手無策。

看到這情況讓我簡直要絕望了。克萊兒上樓洗澡更衣時，我跟著她，想給予她更多的支持，雖然力量不大，但這是我唯一能給她的。她洗完澡，換好衣服，看來氣色好多了，但她開始拚命打掃時，臉上充滿悲傷。

門鈴響起時，我鬆了口氣，她一開門，發現是塔夏。我衝向塔夏，差點撲到她懷裡，我好高興見到她。喬搬進來後，她都沒有來拜訪，讓我十分難過。我好想念她，希望她知道該怎麼幫助克萊兒。

「我不知道妳要來。」克萊兒眼神狐疑。

「不好意思，我剛好經過這一帶。我可以進去嗎？」她問。克萊兒點點頭，站到一旁。有事不對勁。她們不像以前一樣熱情打招呼。「喬在嗎？」

「沒有，他出門了。要喝咖啡嗎？」克萊兒問。

「好，謝謝。」她們走進廚房，克萊兒燒了開水，拿出杯子。「克萊兒，妳還好嗎？」塔夏問。

「我很好，非常好。」她說，防備心很重。

「我超過一個月沒在下班後和妳見面了，克萊兒。我以爲我們是朋友。」我看到克萊兒聳了聳肩。

「我們是朋友，塔夏，只是我和喬的生活十分忙碌。但如我所說，我很好。」

「妳看起來需要多吃一點。」塔夏說。

「我只是在飲食控制而已。」

「妳都瘦到沒肉了。」

「我喜歡瘦一點。」她語氣尖銳。

「克萊兒，我們剛認識時妳就像這樣。妳前夫那樣對妳，後來妳慢慢忘了他。妳記得我們過去笑得多開心嗎？妳很愛工作、讀書會和生活的一切。」

「聽著，塔夏，我那天告訴妳了，我很好。我努力想快樂。只是喬工作不順，我需要支持他。他需要我。」她提到喬時，語氣十分堅定。

「但妳再也不跟我說話了。妳不來讀書會，也拒絕所有邀約。妳就算來上班，頭也都低低的，一直躲著我。我不懂妳幹麼不理我！」塔夏眞心動怒，十分擔心的樣子。我決定表明立場，我走向塔夏，跳進她懷裡。我想告訴她，她說的沒錯，而且她必須做點什麼。我不確定塔夏懂不懂，但她像是能理解一樣緊抱著我。

「我沒有在躲妳，塔夏，妳眞的疑心病好重。我說過多少次？一切很好。」我看著兩女人，她們都不肯退讓。塔夏輕輕將我推到地上，我爪爪交叉，祈禱塔夏能讓克萊兒看清事實。

「我們甚至連要好好見喬一面都不行。我每次邀你們倆出門，妳都找藉口。是妳在拒絕，還是他在拒絕？」

「那是我們倆的決定。喬因爲工作的關係，狀態不好，我以爲妳會諒解我必須支持他。」

「好，我要明說了，妳可能會想殺死我，但我還是要說。他自己說要搬進妳家前，妳跟他根本不熟，你們才認識多久？一個月？他超不尊重妳，我們全都看在眼裡。他可能說工作的問題不是他的錯，但妳眞的相信他嗎？現在沒人會無緣無故被解雇。如果他像他所說那麼無辜，那他大可以告上法庭。」

「他現在已經在跟人資和律師溝通，妳知道這種事會弄很久。」克萊兒回答，但她聽起來很心虛。「他沒有搬進來。是他需要我的支持，所以他暫時待在這裡。」

「妳確定？就我看來，妳每天下班都要趕回來見他。」

「塔夏，我很確定。他公寓仍租著，反正我喜歡他在。」我覺得她的語氣一點說服力都沒有。塔夏也這麼覺得。

「眞的嗎？因爲妳看起來很痛苦。公司每個人也都這麼想。我們很擔心妳。妳下班不來喝酒，從不回我訊息。老實說，妳狀態很糟。如果妳說這叫快樂，我只能祝妳好運。」塔夏聲音提高，臉漲得通紅。克萊兒對塔夏說謊，可能也在騙自己。就我所知，他們根本沒好好聊過，喬就大搖大擺搬進來了。

「塔夏，謝謝妳的關心。但這是我的生活。我離婚之後，我以爲沒人會接受我了。但喬接受了我。不只如此，他還需要我。他現在不大好過，需要我的支持。我愛喬，我們很快樂。我不需要妳或誰來說三道四。」

「我這麼做只是因爲我在乎妳。妳知道吧，對吧？我很擔心。」塔夏看起來非常難過，突然間心灰意冷。

「請妳不要擔心。」克萊兒語氣是前所未有地冰冷。「我今天很多事要忙，所以麻煩妳離開。」克萊兒背過身去，塔夏只好慢慢退出廚房。我看著克萊兒將碰都沒碰過的咖啡倒入水槽，接著我隨著塔夏走到屋外。她彎身靠著柵門，我站到她旁邊。

「喔，阿飛，她爲什麼看不出他是在利用她？」我歪著頭。她蹲下來，彷彿想面對面和我說話。「他很壞，我知道你懂，但我們能怎麼辦？她就是聽不進去。眞希望你能揭開他的眞面目。」我頭又歪向另一邊，一臉疑惑。「你知道，我以前也看過這樣的事。通常女人跟男人在一起會變成這樣，是因爲碰上了某種形式的虐待。阿飛，你跟他們生活在一起，一定看到更多眞相。好希望你能告訴我。天啊，我居然在跟貓說話。」她苦笑。「你別見怪，阿飛，但這件事，我覺得你我都解決不了。」

我不喜歡人類小看我，但這一刻，她說的沒錯。我想不出該怎麼解決這件事。但連菲莉琶的事都能解決，而我也多少出了點力，所以我充滿信心，相信自己會有辦法的。我反覆思考塔夏說的「揭開他的眞面目」，並祈禱機會快快降臨。

我鑽過貓門，回屋內找克萊兒。她坐在客廳桌前，一臉哀傷。我跳到桌上，快速用貓的方式親她一下，我輕輕舔了舔她鼻子。她露出苦笑，甚至沒把我趕下桌。她心情一定非常糟。

「有時候，我感覺你是唯一不會批評我的。」她說。我呼嚕呼嚕。其實我會，但她需要我的支持。「阿飛，我愛你，可是我要去超市了。別擔心，我晚餐會替你準備好吃的。」她站起身，留我坐在桌上，準備出門。

我看到強納森從健身房回來，便去找他。我原本打算晚點去一趟二十二號公寓，但我不想離克萊兒太遠，我太擔心她了。強納森在講電話，他掛上電話時，朝我微笑。

「我要跟同事出去玩，慶祝我重獲自由，」他開玩笑說：「我出門前會給你鮭魚吃，但我建議你別等我了。」他哈哈大笑，我也喵喵大叫。他將我抱起來轉圈圈。

「阿飛，我們人類眞的很好笑。我以爲自己非常想交女朋友，於是逼自己忍耐菲莉琶的呼來喚去。但其實少了她，我更快樂。我現在終於懂了！」他又大笑。眞希望克萊兒也懂。他說的對，他現在狀態好多了，比之前更好，可能他就是非得跟爛人菲莉琶交往過，才能看清我們之間特殊的情誼。

我記得瑪格麗特說過人類會如何成長，有時是順利發展，有時是走上歧路，但人類常常會產生進化和改變。她也說過，有時需要來一場災難才能讓人綻放，我當時聽不懂，但等我遇到自己的災難之後，便明白了這道理。我一直是隻不成熟的小貓，但狠狠學了教訓之後，不得不在一夜間長大。這過程十分痛苦，但對我的未來大有幫助。強納森也成長了，只有可憐的克萊兒日漸枯萎。我希望這只是瑪格麗特說的歧路，而她之後會再次走上正途。

我必須保護家人的安全，但這對一隻小貓來說是相當沉重的責任。

29

喬那天大半夜才回家，同時吵醒了克萊兒和我。他用非常糟糕的方式對克萊兒「好」。他對她又摸又親，我在他們趕我走前離開了房間。

我走回強納森家過夜。屋裡空無一人，強納森再次沒回家。我選的人類是怎麼回事！

我緩緩走回克萊兒家吃早餐時，感覺自己像顆被推來打去的乒乓球。意外的是，她和喬滿臉笑容，一起吃著早餐。雖然不多，但克萊兒甚至也吃了一點。我看到克萊兒緊張咬著嘴唇。

「喬，我能問你一件事嗎？」她聽起來十分膽怯。他點點頭。「你在這裡超過一個月了，感覺算是搬進來了，但我們還沒聊過這件事。」我發現他雙眼蒙上黑影。

「妳是說妳不希望我在這裡嗎？」他問。

「不是，當然不是。可是我們都沒聊過你的工作、公寓和發生的事。你現在是要跟我同居了嗎？」她神情猶豫害怕。

「克萊兒，我想和妳說，但我太怕妳會拒絕我。我好羞愧，但我公寓退租了。工作出狀況後，我錢就不夠了，幫我的律師要我先付款。我現在負擔不起房租。」他頭埋入手中。「我不敢告訴妳。」克萊兒看來聽不大懂，我看得出她不知所措。

「如果你需要一個地方住，你可以搬進來。你只需開口就好。喬，我絕不會批評你，我愛你。」

「喔，克萊兒，我當然想和妳同居。我這週會去把剩下的東西搬來！」他像吃到奶油的貓。「這眞是太棒了，等我把工作和一切處理好，我們再正式安排，妳知道，帳單什麼的。」我瞇起眼睛，內心疑惑。他到底怎麼做到的？我知道他在說謊。他兩週前便退租了，並請朋友保管他的東西。我親耳聽到他講電話時這麼說。我希望克萊兒會叫他滾蛋，就像強納森對菲莉琶一樣。她面帶遲疑，但仍露出微笑。

「我當然希望你搬進來。我只是不確定我們是不是同居了。」

「喔，不，這種事我一定會先問妳意願啊。好，我們今天做點什麼慶祝同居。」

「國家美術館有個我超想看的展覽。」克萊兒猶豫地說。

「那我們就去吧。今天全聽妳安排，親愛的，無論妳想去哪，我都去。」喬巒身親吻她。我好久沒見到他這樣，不知道這次又是怎麼回事。難道他注意到她的表情，發現她心情不好？還是他終究是在乎她的？我內心是高度懷疑。

「你怎麼這麼好，我眞的好開心。」她咯咯笑，一臉滿足。

「開心最重要。」他馬上接話，但我心底知道他一點都不眞心。

我漫步來到二十二號公寓。太陽高掛天空，天氣晴朗，儘管波折不斷，我仍感到腳步輕快了些。我走到公寓，兩家人都聚集在前草坪，地上放著大包小包。法蘭西斯卡和寶莉穿著夏日洋裝，男人和孩子穿著T恤短褲，他們全都活潑開朗，臉上堆滿笑容。

「阿飛。」亞列克西大叫跑向我。「我們要野餐。」

「嗨，阿飛。」托瑪士說，並走來摸我。
「阿飛也可以來嗎？」亞列克西期待地問。
「不行，我們要坐火車，貓不能坐火車。」
「我們要去海邊。」亞列克西解釋，但我不能去，他好難過。
我好失望，我也想去透透氣啊。他們興奮交談，整理大包小包，我聞到讓我貓指大動的味道。是鮪魚！我愛死鮪魚了！我跟著鼻子，找到最大的一袋，裡面有塊毛毯，還有幾個封起的小包裝。我確定裡面有鮪魚。我頭伸進去，想仔細去聞，結果一不小心摔到包包裡。包包很舒服，四周都好柔軟，還香氣四溢。我大口大口聞著醉人的魚香，但就在我還來不及爬出，一隻大手（托瑪士的）將包包提起，放到車上。汽車轟轟開動，我不知道該怎麼辦，於是我一動也不動。我起初非常驚慌，差點叫出聲來，但後來我想到自己是和家人在一起便放下心，看來我要去海邊玩了。
我知道自己必須安靜，結果才上剛火車我就睡覺了。他們將我放地上，我蜷臥在袋中，火車搖搖晃晃讓我進了夢鄉。我依稀感到火車停下，有人又將我提起。我再次被放到地上時，周圍有好多聲音。我好奇探出頭，但我唯一看到的是好多雙腿，還有隻狗聞來聞去，於是我趕緊躲了起來。

我被提起、搭車又被提起，最後終於到了目的地。我感到烈陽從頭頂照下，海鷗不斷叫著「餓啊、餓啊」，許多人嘰嘰喳喳在聊天。我聽到男人在討論怎麼放折疊椅，法蘭西斯卡說她會鋪好野餐墊。她打開袋子時，我跳了出來。要是我會說話，我原本想說「噠啦」。結果大家一陣安靜後，是亞列克西率先放聲大笑，湯瑪斯也大笑起來，我去寶寶推車旁跟亨利打招呼時，就連他也咯咯笑了。法蘭西斯卡將我抱起。

「你這個小偷渡客。」大家都笑了，我突然感到一陣喜悅。這正是最近大家生活缺少的。我再次感覺自己爲家人做了對的事。

「別走丟喔，阿飛。」大家笑完之後，麥特板著臉，對我耳提面命。「我們離家很遠，所以你要好好跟著我們。」我氣呼呼看著他。他以爲我是誰啊？

野餐好好玩。我坐在毛毯邊，朝明亮的太陽眨眼，吃著一塊塊食物，看著大家。感覺常有路人好奇看向我，可能是太少有貓咪來海邊了。其他人走入海中游泳，我當然不想跟去。我還記得池塘發生的事，決心要離海水遠遠的。最後，只剩我和寶莉坐在一起，其他人都去玩了，連亨利也被帶去。

雖然寶莉看起來很快樂，但她獨自一人時，悲傷又回到她眼中。她讓我坐在身旁，心不在焉摸著我，我不知道她思緒飄向何方，但她顯然不是跟我一起在海灘上。我不知道該怎麼幫助她，只能蜷臥在她身邊，努力向她表達我的愛。

我們坐了一會後，其他人滴著水上岸。

「阿飛！」亞列克西在我身邊甩乾身體。我叫了一聲，趕緊跳開。

「貓不喜歡水。」麥特解釋，並朝我眨個眼。

「對不起。」亞列克西說，我呼嚕呼嚕原諒他。

我們度過美好的下午。我從未見過這兩家人如此快樂。那天充滿歡聲笑語，飛鳥也在頭頂鳴叫，我整顆心都暖洋洋的。太陽相當炎熱，但日頭太毒辣時，我便待在亨利推車的陰影下。亞列克西和湯瑪斯撿了許多顆石頭，整座沙灘的石頭都任君選擇。中間爸爸們去替大家買冰淇淋，甚至連我都有！

我舔著貓生第一口冰淇淋時心想，喔，這眞是人間美味。我起初有點猶豫，因爲太冰了，我一舔，臉便皺成一團，全身打顫，所有人見了都大笑，後來我又舔一下，覺得好好吃。好綿密！一隻大海鷗突然飛到我們面前，凶狠地盯著我。湯瑪斯嚇得尖叫，但我馬上站起，弓身炸毛（雖然那隻鳥還是比我大很多），用力朝牠哈氣。海鷗打量我一會，彷彿在考慮要不要開打，但我再次狠狠哈氣咆哮，牠便飛走了。

「阿飛眞勇敢。」亞列克西說，我回去吃冰淇淋時，他拍了拍我。我可能看起來很勇敢，但其實內心嚇壞了。如果眞打起來，我都難保自己活不活得下來。

「不用怕，阿飛，我們會救你。」托瑪士說，但我不確定他打不打得贏又餓又生氣的海鷗。貓咪圈子都流傳海鷗十分凶殘。

太陽漸漸西沉，法蘭西斯卡說該回家了，於是孩子換上乾淨的衣服，大夥收拾垃圾，將大包小包整理好。這次我躲的包包是放在亨利推車下。其實這樣回家很舒適，所以我一點都不介意。我一路都在熟睡，還夢到了冰淇淋。

大夥拿著大包小包終於回到了二十二號公寓。我向大家道別，疲倦地走下街道，回到克萊兒家。

「眞不知道他走了之後去哪？他到底在哪生活？」麥特說，他們全望著我，彷彿我該回答一樣。

30

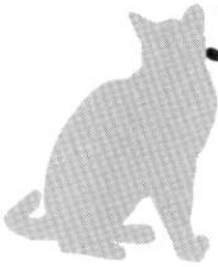

隔天早上，我跑完日常行程便去二十二號公寓玩。我好想再次經歷和大家在海邊玩耍的快樂，並像昨天一樣逗孩子們哈哈大笑，爲他們的生活帶來笑聲，那眞的讓我感到無比滿足。

我正想吸引法蘭西斯卡或亞列克西注意時，突然被一個聲音打斷。我從未聽過那個聲音，有點像貓被勒住的叫聲，但聲音是從寶莉的公寓傳出。然後我聽到亨利尖叫，接著那聲音再次響起。我覺得發出那聲音的是寶莉。

我馬上直覺感到不對勁，便瘋狂抓著門，全力喵叫，法蘭西斯卡總算打開門。

「喔，阿飛，請進。」她說著走到一旁，但我動也不動。她疑惑地看著我。「你需要什麼？」我走向隔壁，站在寶莉家門外喵喵叫。

法蘭西斯卡遲疑地走向我，突然公寓又傳出那個聲音。這次她也聽到了。

「什麼聲音？」她雙眼驚恐地睜大。「天啊，聽起來是有人受傷了。」她告訴亞列克西她要出門一下下，並稍微掩上門。我們一貓一人來到寶莉門口。

她按了門鈴，大力敲著門。我們彷彿等了好幾十年，寶莉總算打開門，並將亨利塞給法蘭西斯卡。

「把他帶走，拜託把他帶走。我再也受不了了。」她如陶瓷般的美麗臉龐全是淚水，頭髮蓬亂，慘不忍睹。

「寶莉。」法蘭西斯卡柔聲說，並將亨利抱入懷中。他馬上不哭了。

「對，把他帶走。我再也受不了了。我辦不到。我是個糟糕的母親，我甚至不愛自己的孩子。」她攤倒在地，頭埋入手中，嚎啕大哭。

「寶莉，」她語氣輕柔說：「我去餵亨利。他餓了。」她說得很慢，像在和動物或小孩子說話一樣。寶莉沒回話。「來，我幫妳把門先掩著，我打給麥特吧？妳給我他的手機號碼。」

「不行，妳不能打給他。我會受不了的。麥特看到我這樣，絕不會原諒我的。我不會給妳他的號碼。」她再次放聲大哭。法蘭西斯卡閃身走進寶莉公寓，拿著亨利的牛奶和瓶子出來，然後裝入寶莉放在前門邊的包包，將亨利帶回她二樓公寓。但法蘭西斯卡一臉驚憂，彷彿不知該如何是好。

她在準備亨利的牛奶時，撥電話給托瑪士，但他們用波蘭語說話，所以我不知道他們在說什麼。法蘭西斯卡聽起來有點激動，我從未見過她如此焦慮，她一邊餵亨利，一邊安撫兩個孩子，他們似乎也發覺事情不對勁。我試著和亞列克西玩，讓他分心，但他像是擔心到玩不起來。

過一會，托瑪士回來了。

「妳帶她去看醫生。」聽她解釋寶莉的狀況之後，他說：「現在去，這是緊急情況。我可以照顧孩子。沒問題。」他伸手抱住她，讓她安心。

「工作怎麼辦？」

「我們今天不忙，沒問題。」

「幸好你老闆是朋友。」

「他沒問題。他知道我工作認眞，除非逼不得已，不然我不會離開。」

「但願如此。」法蘭西斯卡交代了照顧孩子和亨利的事，亨利現在已睡著，躺在沙發軟墊上。

「看完醫生之後，我們打給麥特。」

「她求我不要說。」

「但她需要他，她現在只是想不清楚。我覺得她最後會樂意看到我們通知他。」

「你有他號碼嗎？」

「有。帶她去看醫生，等妳回來，我們再打給他。」

我跟著法蘭西斯卡打開門，進到寶莉家。寶莉仍癱倒在同一個地方。

「寶莉？」法蘭西斯卡輕聲說。

「亨利還好嗎？」她問，她頭都沒抬起。

「他很好。現在吃飽了，正在睡覺。妳，我帶妳去看醫生。」

「我哪都去不了。」

「一定要去。妳的孩子需要妳，但妳生病了。我們要去看醫生，妳才會變好。」

法蘭西斯卡坐到寶莉身旁，我坐到她旁邊。

「妳覺得我生病了嗎？」她望向法蘭西斯卡，她的雙眼悲傷又美麗。

「我覺得妳得了產後憂鬱症。這很常見，我覺得妳生病了。」寶莉向上望，然後又望向法蘭西斯卡。

「我好得起來嗎？」

「對，妳去看醫生。有他幫助妳之後，妳會變更好，也能喜歡妳孩子。」

「妳也有過這情形嗎？」

「有一陣子，是照顧亞列克西的時候。他那時比亨利還小，我覺得我不愛他，但那只是憂鬱症。我吃藥改善狀況之後，發現自己愛他，比我想像中的還要深。」

「但亨利一直在哭。有時我覺得他的哭聲快要讓我的頭炸開了。然後我覺得自己快死了，有時我甚至覺得死了也好。」

「對，亨利很常哭，嬰兒就是常常哭。但如果妳開心點，那他也會開心點。」

「我覺得他應該要跟一個配得上他的媽媽在一起。」她眼中湧出更多淚水。

「寶莉，妳是他媽媽，妳愛他。妳可能現在感覺不到，但妳愛他，他也愛妳。我也是這樣。我媽媽發現我不對勁，她後來逼我去看醫生，我現在也要逼妳去看醫生。」

「我媽週末有說。她說我都變得不像我了，她很擔心。她以爲我是被搬家和麥特新工作影響。但我說不出口，我不敢說我不愛我孩子。那樣我豈不是成了怪物？」

「妳是生病，不是怪物。我知道妳愛他，眞的，妳只是因爲憂鬱症感覺不到。老實說，我懂。我去看病時也有一樣的感覺，甚至許多女人都有同樣的經歷。」法蘭西斯卡摟住寶莉，她倒到她懷中。

「眞的很謝謝妳。妳知道嗎，發現不是只有我一個人會這樣，眞的讓我鬆了口氣。可是麥特——」

「他會理解。他是個好人。但首先我們要去看醫生，讓他們幫助妳。」

法蘭西斯卡扶起寶莉，引導她穿上鞋子，揹起包包，一起出門。她和寶莉說話時像對孩子說話一般，語氣令人安心。我跟著她們走出門，感覺放心多了。法蘭西斯卡鎖好寶莉家正門，但她自己家的門仍是半掩著，於是我走進了她的公寓。

我和亞列克西玩，他把玩具拿出來，並開心多了。

「媽媽。」湯瑪斯一直說，他父親抱著他，並給他餅乾吃。托瑪士和法蘭西斯卡一樣，個性冷靜，態度放鬆。他隨時注意著亨利，並試著讀故事書給湯瑪斯聽，但湯瑪斯對電視比較有興趣。他中間餵孩子時，也給我吃了一些魚。我想和他們待在一起，直到確認寶莉一切平安。

我們感覺等了好久。就連托瑪士都開始焦慮了。亨利後來醒了，托瑪士幫他換尿布。接著湯瑪斯回到嬰兒床睡覺。亞列克西用波蘭語問了爸爸許多問題，可惜我聽不懂內容。

時間一分一秒過去。托瑪士一臉擔憂，但他仍去替亨利準備配方乳。他照顧著三個孩子，動作毫不生疏，態度也平靜從容，而且效率很高。我以前從未看過哪個父親這樣照顧小孩。在貓的世界裡，我們當了父親可不會「親力親爲」。法蘭西斯卡照顧孩子已經很冷靜了，托瑪士竟然更冷靜。但我看得出他仍憂心忡忡。我們所有人都一樣。我開始覺得托瑪士也需要我安慰，於是我磨蹭著他的雙腿。

我忽然想到我看過所有人狀態不好的時候，有人輕微，有人嚴重，像法蘭西斯卡想家、克萊兒心碎、強納森寂寞和寶莉不適應亨利與新家等。突然電話響起，打斷了我的思緒，托瑪士接起電話。他用波蘭語說了一會。掛上電話時，他的臉色凝重，隨後他又撥起電話。

「麥特，我是隔壁的托瑪士。」他頓了頓。「亨利沒事，他和我在一起，但寶莉不大好。法蘭西斯卡帶她去看醫生。」他又停頓一會。「沒有，她現在要回家了，但她需要休息，有人需要照顧亨利。」麥特說話時，托瑪士十分焦慮。「你可以過來嗎？我可以解釋，可是電話上不好說。但一切都會沒事的。」

麥特迅速回家了。他馬上來接亨利，但他滿臉憂慮，面色蒼白。

「我不知道該怎麼謝你。」他說，托瑪士去泡茶。

「沒事。朋友就該幫忙，但麥特，寶莉很嚴重。我妻子今天發現她，不，是阿飛發現她，她崩潰了，法蘭西斯卡說的。所以我們照顧亨利，讓她們去看醫生。她們去了好久，現在要回來了。」

「我好慚愧，都是我害的。亨利年紀還小，我卻逼她搬家。我以為這是正確的決定。」他眼眶泛淚。

「我知道，我們也一樣。我的孩子年紀比較大，但搬家這個變動太大了。麥特，這不是錯誤，是寶莉生病了，但這狀況很常見。法蘭西斯卡生下亞列克西之後，經歷過同樣的事，非常令人擔心。但她去看醫生，尋求協助，現在她喜歡照顧孩子，天天都很開心。」

麥特將臉埋入雙手中。

「我早該察覺的。她回家那週之後，感覺好多了，她遇到法蘭西斯卡，也變得更快樂，所以我以為只是搬家的關係。昨天……我們大家都玩得很開心，唉，我怎麼沒發現？我該怎麼辦？我工作好忙，我們又需要這筆錢。」他看起來要哭了。

「麥特，寶莉的媽媽人很好，對吧？」

「對，她很好。」

「她來住幾天，在寶莉康復前，讓她來幫忙。」

「好主意。我現在打給她。」他聽到之後，心情輕鬆了點。「我們有張露營床，很舒服，我們可以放在亨利房間。不過公寓多住一個人是擠了點。」他一臉憂慮。

「不重要。至少寶莉會有人照顧。」麥特望向托瑪士，彷彿他解決了這個問題。

「可能會需要點時間。她會吃藥，但藥物作用需要時間。」托瑪士慎重地提醒。

「對，但至少她看醫生了。眞是謝謝你們，最重要的是謝謝你，阿飛，你救了我們。」麥特稱讚我時，我得意地梳著貓毛，既驕傲又開心。感覺我去哪都幫上大忙，而且這可能是最關鍵的一次。我享受著大家的稱讚，至於及時出現在寶莉家，運氣占了多大的成分，這就別多想了。

我在艾格路的這段時間學到，事情其實沒有那麼簡單。起初我以爲幫到了強納森和克萊兒，但看看現在的克萊兒，我並沒有讓她變好。她現在亟需我的幫助，我必須繼續努力。但在我想出辦法前，我需要先待在寶莉和法蘭西斯卡兩家人身邊。亞列克西黏著我，他雖然不懂發生什麼事，但他知道不對勁。所以我讓他緊緊抱著我。

「你是我最好的朋友，阿飛。」他對我說，我好想哭，像人類感動時一樣。如果大家說的沒錯，那寶莉還需要一段時間才會康復。

法蘭西斯卡終於回到家了。

「寶莉在睡覺。她吃了安眠藥，醫生叫她現在吃，她需要大量休息，因爲她剛才……」

「剛才怎麼了？」麥特一臉焦慮。

「她今天有點精神崩潰了。她愛你和亨利，但她腦袋不大清楚。醫生給她藥，短期內對她會有點幫助，但她一定要去看別的醫生，叫諮商師的。她需要休息，不能一人照顧亨利。壓力太大了。」

「我打給她媽媽了，她明天會南下。」麥特說：「而且我請了兩天假。他們知道寶莉生病，家人又都不在倫敦。」

「你有我們。」法蘭西斯卡直率地說。

「對，我不知道少了你們該怎麼辦，非常謝謝你們。」

「不用謝。你快去照顧妻子和小孩，需要什麼盡管跟我們說。」

「我讓寶莉承擔太多責任了，至少我現在能做的是好好照顧孩子。我是史上最糟的父親和丈夫嗎？」

「不會，麥特，你認真工作，這種事很難發現。寶莉不希望你看到她很難過，不想讓你擔心，這是壞性循環。」

「惡性循環。」麥特說。

「什麼？」

「我們會說惡性循環。對不起，我不是故意要糾正妳英文。」

「不會，這是好事。我們需要學習。來，我跟你下去，教你怎麼餵亨利，他就不會有事了。醫生也給了寶莉一些藥，讓她退奶。她說哺乳讓她病情加重。亨利不會有事，他現在也開始吃固體食物了，所以餵配方乳沒問題，這代表你和她母親也可以好好餵他。寶莉需要大量休息。」

「我會讓她好好休息。我還是覺得好內疚，我像把頭埋在沙裡，一直安慰自己情況沒那麼糟，她之後就會振作起來。」

「很難，產後憂鬱症是眞正的病，但她會漸漸變好。現在是第一步。你是好人，麥特，她非常愛你。」

我和法蘭西斯卡、麥特和亨利一起下樓，心裡很是忐忑不安，但我想陪一陪麥特。就算他沒察覺我在，待在他身邊我也會安心一點。於是我默默待在他們家客廳，看他照法蘭西斯卡指示餵亨利，然後替他洗澡，再哄他睡覺。終於，麥特進到客廳，坐在沙發上泣不成聲，這期間我一直都陪著他。過一會，他挺起了身子。

「我哭也沒有用。來吧，阿飛，我來做晚餐。我記得櫥櫃裡有鮪魚罐頭。」這是我頭一次和他們吃晚餐，但我不在乎吃什麼，我只是不放心拋下他們。我知道自己其實無能爲力，但我覺得我的存在能帶來安慰。

後來麥特去看寶莉。我和他一起走進房間，她睜開美麗的眼睛望著他。

「現在幾點？」她睡眼惺忪問。

「不重要。亨利在睡覺。法蘭西斯卡給我的單子有寫，妳現在可以吃下一顆藥了。妳需要睡覺。」寶莉想坐起身。

「他沒事嗎？」她問。她眼中充滿淚水。

「沒事，他很完美。我知道等妳感覺好一點，也會這麼覺得的。」

「我覺得自己好失職，我是個差勁的媽媽、爛透的妻子，我完全不知道該怎麼甩掉這些念頭。」

麥特溫柔撫摸她的頭髮。「親愛的，我覺得我讓你們兩個失望了。我應該要好好照顧妳，才能早點發現妳生病了。我也覺得好內疚。」

「我們怪罪自己和彼此很沒有意義，對吧？」她睜大眼睛問。麥特點頭。「法蘭西斯卡說了。她說我們一定會自責，但這沒有任何幫助，所以別再說了。我會努力。醫生真的很貼心，她是女人，也理解這一切，至少表面上是如此。我不想吃藥，但我知道自己需要藥物。我一定會尋求幫助。我會好起來，好好照顧孩子。我們的孩子。我只是想當個好母親。」

「妳當然是個好母親，親愛的。」麥特淚水在眼眶中打轉。「我會一直陪在妳身邊的。我非常愛妳，拜託，寶莉，永遠不要忘記這點。」

「我會忘記只是因爲我腦袋不清楚，但我知道，我也很愛你。」他緊緊擁抱她，這是我在人類之間見過最感人的一幕。

「喔，而且妳媽會來家裡。對不起，但我們需要她來幫忙，我工作沒辦法請太多假。我眞希望可以多請幾天。」

「沒關係，麥特，這是我們一起的決定，來到這裡生活是爲了升遷。這你不用感到有罪惡感。媽媽能來，眞的讓我鬆了口氣。」他們沉默一會。我躺在地上，連日的事件突然讓我好疲倦。情緒一直起起伏伏。「那感覺就像是我體內有個黑洞。我好想把亨利丟去某個地方，轉身逃走，回到以前的自己。我愛他，我知道我心底是愛他的，但我感覺不到。我感覺不到媽媽說的那種喜悅。好可怕，麥特，眞的好可怕。」她泣不成聲，他伸手擁抱她。

「我無法想像那是什麼感覺，但無論如何，我都會支持妳。只是妳必須和我說話。不管妳感覺有多糟，都一定要跟我說。我不會離開妳，我愛妳，也愛我們這個家。不管妳做了什麼，都絕不會改變這一點。」

「你不知道我聽到這些話有多高興。我眞希望自己對你坦誠一點。亨利剛出生不久，我覺得自己好像快病了，甚至早在我們搬來之前，我就有那種感覺，但我那時認爲無論如何我必須隱瞞起來，結果現在付出好大的代價。」

「寶莉，我覺得妳很棒、很勇敢，我知道我們能撐過一切。可能會花點時間，但那不重要。我們能做得到。」

「我們可以去看他嗎？我不想吵醒他，只是想看他一眼。我需要看看他。」她眼再次流下淚水。

「來。」麥特將她抱起，彷彿她和亨利一樣輕。我感覺好累，無法跟著他們走出房間了。

「看來阿飛今晚想陪伴我們。」我半夢半醒間聽到麥特說。

「他看起來好舒服，我們不要打擾他。」聽寶莉說完這話，我便沉沉進入了夢鄉。

31

我事前確實想過當串門貓會很忙，但沒想到竟然累成這樣。我打造了自己的小社群，裡頭的每個人都十分重要。但要照顧四個家，我真的分身乏術。

我來來回回，想照顧到每個需要我的人，誰知道每個人都需要我。

四個家距離不遠，但我經常來回跑。就算我身體健康，有時也真是走到有點累。我到公寓時，看到法蘭西斯卡、麥特和幾個孩子在屋子外頭的草地上玩，就像和之前他們跟寶莉在一起時那樣。亞列克西像平常一樣和我打招呼，彷彿我是他最好的朋友。法蘭西斯卡和麥特手上拿著馬克杯。亨利趴在鋪草地上的一塊毛毯上，湯瑪斯正在讀一本書。亞列克西伸手幫我搔癢，於是我翻肚給他揉。

「她昨天看完醫生回來，一直睡睡醒醒。我希望她有好好休息了。」麥特說。

「會的。她非常疲倦，憂鬱症有一部分來自疲倦。像你說的，惡性循環。」法蘭西斯卡和麥特苦笑。

「我等一下要去火車站接她媽媽。她住進來，我想會有一些改變，不過她不可能一直住這。」

「麥特，她不需要待太久。寶莉會好起來的，也許比你想像得還要快。」一想到美麗脆弱的寶莉，我就有點想哭，但我希望法蘭西斯卡說的沒錯。她一定會好起來。

她崩潰前，我以爲她狀態變好了。她感覺開朗不少。但和喬交往前，克萊兒感覺也是好多了。我發現人類就像食物一樣，最好不要想得太理所當然。

大家玩了一會，法蘭西斯卡開始替孩子準備中餐，麥特也加入。他說他不想打擾寶莉，但我看得出他很焦慮，不想自己一個人。

「你替亨利準備配方乳，我做蔬菜泥。」法蘭西斯卡說。

「妳不介意嗎？」

「別傻了，我本來就要做，只是順便替亨利做一點。很簡單，順便而已，反正我們大家一起吃。我替大家煮個湯？波蘭料理，甜菜湯？」

「我從來沒吃過。」麥特看來有點猶豫。

「托瑪士在餐廳會做，很好吃。你要試試看嗎？」

「當然好，我吃吃看。」麥特非常有禮貌，但從語氣中聽得出遲疑。我看到亮紅色的湯，也猶豫了。幸好法蘭西斯卡替我準備了沙丁魚。

吃完中餐，大家一起出門去散一會兒步。然後由法蘭西斯卡幫忙照顧亨利，麥特在跟寶莉說一聲後，便去火車站接她媽媽了。我又待了一會，陪兩個孩子玩。湯瑪斯現在開始對我愈來愈感興趣，還學他哥哥，讓我玩得加倍疲累。等我抓門想離開時，已玩到精疲力盡，肚子還被沙丁魚塡得飽飽的。難得我頭一次覺得，有多幾個家可以讓我慢慢走回去，感覺挺不錯的。

我先去找克萊兒，因爲我知道強納森還沒下班。我鑽過貓門時不禁寒毛直豎，我現在有點害怕進這棟房子了。這感覺好糟。克萊兒是我第一個主人，她當初張開雙臂歡迎我，如今我回家，感覺卻像闖入陌生人家一樣。這讓我心裡好慌。克萊兒在廚房，但她轉向我時淚眼汪汪。

「阿飛，你終於出現了！」她將我抱起。「我好擔心，已經快兩天了。說眞的，阿飛，你不在家時，我眞希望我能知道你去哪了。你交女朋友了嗎？」克萊兒問。

我心虛地喵喵回應。「我們弄點食物來吃。我知道你是貓。你喜歡出門亂晃，但要記得沒看到你，我會擔心的。」她溫柔地說，但我覺得像被訓了一頓。我喵喵叫，想告訴她如果她趕走喬，我回家就不會那麼緊張，但我知道她聽不懂。我摩擦她脖子，向她道歉。

「搞什麼鬼，這麼吵？」喬走進廚房問。他穿著一樣的牛仔褲和T恤，但我發現他肚子變大了。克萊兒變愈瘦，他變愈胖。

「阿飛回來了。我正要餵他吃東西。」她說著將我放下，從櫥櫃拿出貓食。

「妳對貓比對我還好。」他聽起來憤憤不平。

「哪有。」克萊兒笑著回答。

「妳笑什麼笑。」他突然大吼。我向後縮，克萊兒也是。

「我沒有——」她開口。

「有。妳心裡有數，我受夠了。妳把我當白痴啊，就因爲我丟了工作，雖然也不是我的錯，但妳以爲這樣妳就可以把我踩在腳下。」我在櫥櫃旁縮成一團。我嚇得半死，但不知道該怎麼辦。喬企圖傷害過我，我不確定他會做出什麼事。他朝我們逼近，中途改變了主意。他轉身一拳搥向牆壁。那一下來得突然又暴力，克萊兒尖叫起來。他沒有傷害她或我，但他把我們都嚇壞了。現場一片沉默。

「喬，我想你應該離開這裡。」克萊兒聲音顫抖。我站好之後，差點開心得跳起來。喬臉色鐵青，態度突然一百八十度轉變。

「對不起，天啊，眞的很抱歉。」他揉著手。「我剛才失控了。我從沒做過這種事。」他走向克萊兒，她馬上向後退開。我站到她面前保護她。我想告訴克萊兒他是個騙子，但我辦不到。

「喬，你把我家牆壁打破一個大洞，你說這不是故意發脾氣？」她說。她聽起來不是生氣，而是害怕。

「天啊，對不起。我做了什麼？」出乎意料，他開始哭了。

「喬，不要哭。」克萊兒軟化了。

「對不起。妳會怎麼看我？克萊兒，我從來沒這樣過，只是我被工作的事弄得好煩，我公寓也退租了，我覺得自己都在靠妳養。」

「但我不介意。我知道這只是暫時的。你馬上會找到另一個工作，重新站起來。」她語氣中不再帶著怒意，顯然他非常擅長操弄她。我內心的希望漸漸消失。

「我也希望。但現在經濟衰退，沒人在找員工。我可能會去接案，但我覺得自己好沒出息。我原本有個好工作，結果現在好慘。」

「喬。」克萊兒走向他。她擁抱他，我感到絕望又噁心。「我愛你，無論你需要什麼，我都會支持你。好了，別怪自己，也不要再這樣發脾氣了。」說來諷刺，克萊兒竟然說得像是她掌控了局面。我眞的好氣她這麼輕易原諒了他。他一定會再次發脾氣，這種人總是這樣。他絕對無法讓她快樂。她一定是瘋了才會以爲情況會好轉。

「我答應妳，克萊兒，我眞的很愛妳，我會補償妳，我保證。」

「你可以從修牆開始。」她無力笑了笑。

我無聲抗議，靜靜走出門，前往強納森家。他看來已下班回到家一陣子，還換上了運動服。

「喔，你在這啊，我還在想你去哪了。我猜你跑去跟母貓玩了吧。」我喵喵叫回答他，但我其實想表達：「其實沒有。我剛才被一個瘋子嚇到，我希望你去處理他。」

「總之你先吃晚餐，然後休息一下。追求母貓很累的。」我呼嚕呼嚕。「擊掌。」強納森說，我望著他一臉空白。「你知道，就把你的手或掌掌舉起，我也會做一樣的動作。」我舉起貓掌，他用手碰一下。「眞聰明，你學會第一個把戲了。我就知道擺脫菲莉琶是正確的選擇。」他大笑。我驚訝地看著他。我只是舉起貓掌，就讓他這麼高興？我又沒開口說話，甚至跳舞。說眞的，人類怎麼會爲這麼小的事感到快樂？

強納森和我一起吃完晚餐，接著就出門了。我不想再出門。我這一天已是身心俱疲，感覺累壞了，所以我爬到喀什米爾毛毯上，躺下來休息。我回想一件件事，覺得一切算是漸入佳境。法蘭西斯卡一家現在已不會出大問題。總之我是這麼想。寶莉雖然生病了，但一定會漸漸康復。這我非常肯定。強納森的話，除了我會來，他都是一個人待在大房子裡，但他心情愉快。我現在好喜歡他。所以就只剩克萊兒了。

我今天親眼見到喬有多可怕。我知道這不會是單一事件，他肯定會再發作。而下次，他傷害的就會是克萊兒。我敢打包票。

一想到那王八蛋會傷害我家克萊兒，我就好煩惱。他顯然在玩弄她，我不知道這會影響她到什麼地步，但我直覺認爲不妙。這事何時會結束？我毫無頭緒。但這件事必須要結束。我覺得自己一定能解決，只是我仍不確定該怎麼做。我躺在柔軟舒服的毛毯上，漸漸進入夢鄉時，我向天祈禱答案快點降臨，趁一切都還來得及之前。

32

我醒來時，心裡已經有了答案。外面還是一片黑，但小鳥們的清晨合唱快要開始了。難怪貓咪老愛追小鳥，牠們一大早吵成那樣，實在很多餘。我望向熟睡的強納森。他一臉平靜，十分滿足。我內心對即將發生的事感到恐懼，但他給了我一點安慰。

我知道這很冒險。我是在睡夢中莫名想出了計畫，可說是有勇無謀。但我也知道我必須這麼做，我得孤注一擲，傾注我全副心力，並祈禱計畫能奏效。

我緊靠著強納森。我唯一知道的是，今天過後一切都會改變，我希望他知道無論如何我都愛他。他睡得很沉，我靠著他一會，後來時鐘響起，他撐起身子。我跳到他胸口，再次朝他微笑。

「阿飛，你在我床上幹麼？」他語氣親切。我喵喵回應。他大笑，熱情拍了拍我，然後下了床。

我設法走下樓，但腿有點軟。我從不覺得自己勇敢。坦白說，之前和瑪格麗特和愛格妮絲生活時，我一點都不勇敢。但失去他們之後，我內心湧起一股勇氣。那份勇氣其實一直深藏在我心中，並成爲我活下來的關鍵。所以即使四條腿不住打顫，我的決心不曾動搖。

我在廚房等強納森下樓，他下來泡了咖啡，爲我倒了牛奶，烤了吐司，再給我他弄好的鮭魚。我細細品嘗這份早餐，因爲我不知下一頓早餐會是什麼時候。

「好了，阿飛，我要出門了，下班見。」強納森起身說。我爪爪交叉祈禱，但願能再見面。

我走去看克萊兒。到達她家時，她看起來沒怎麼睡。她摸著我時心不在焉，我從她眼中看出她也很害怕。她和喬在一起不快樂，所有人都看得出來，但她似乎也不想孤單一個人。我聽說人類會這樣，有些人即使過得不快樂，仍寧可與人交往，也不想獨自一人。我認爲克萊兒就是這種人。但見了她之後，再看到她的狀態和牆上顯眼的大洞，我的決心更加堅定，一定要執行我的計畫。

克萊兒上班時，我和她一起出門，陪她走了一段路，直到她轉彎。

「妳要保重，阿飛，我們晚上見。」我摩擦她的雙腿，知道我們一定會見面。

我撐著四條發抖的腿，來到二十二號公寓。我抓了抓門，法蘭西斯卡開門讓我進去。

「阿飛。」亞列克西和湯瑪斯齊聲說，他們過來好好對我大摸特摸一陣。我熱情回應他們，我翻肚時他們馬上來揉我肚肚，感覺像是摸再久都不膩，我盡情享受這美好的感覺。我一直跟他們玩，後來法蘭西斯卡說該去探望寶莉了。寶莉去看病回來之後，我一直沒見到她，所以我也想去。

應門的婦人不是寶莉，她年紀較大，舉止優雅，但她沒瑪格麗特那麼老。

「法蘭西斯卡，眞高興見到妳。」她笑著說。

「嗨，寶莉媽媽。我們只是想來看看寶莉。有什麼能幫忙的嗎？」

「好，你們先進來吧，她一定很高興看到你們，孩子也能陪亨利玩。」她退到一旁，我跟著他們進到公寓。「喔，你好，你一定是阿飛，我們的英雄。」我呼嚕呼嚕。我眞喜歡這婦人。

寶莉穿著睡衣，但她容光煥發，身體感覺好多了。法蘭西斯卡給她一個大大的擁抱，兩個孩子直接去找坐在遊戲墊的亨利玩，他身旁塞滿軟墊。

「法蘭西斯卡，見到妳我好開心。」寶莉說：「我睡了好久，感覺好多了。」

「太好了，但妳慢慢來。」

「我去煮水，好不好？」寶莉的媽媽問。

「謝謝妳，媽。」

「我來幫忙？」法蘭西斯卡問。

「不用，謝謝，妳陪我女兒就好。」她走出客廳。

「所以你們都好嗎，法蘭西斯卡？」

「我們非常好。亞列克西下週開始上學，我替湯瑪斯找了幼兒園。接觸其他孩子對他是好事，我也找了打工。只是個小商店而已，但對我是好事。」

「聽起來很棒。妳英文能進步，又能接觸人。我沒問過，但妳在波蘭做什麼工作？」

「我家開食品雜貨店，所以我都在家工作。生活變化不多，但我很喜歡。我喜歡服務人，和大家聊天。」

「亞列克西？」寶莉說，他回過頭。我好驚訝，這是寶莉頭一次直接對他說話，但我猜她沒意識到。

「什麼事？」他說。

「什麼事，寶莉。」他媽媽糾正他。

「對不起。什麼事，寶莉。」寶莉聽了大笑。

「你要上學了，興奮嗎？」

「很興奮，但我也有點害怕。」

「也對，但我想我們可以去商店，讓你選一個酷書包和鉛筆盒。那是我和麥特要送你的開學禮物。」

「哇，真的假的？我可以買蜘蛛人的嗎？」

「你想要什麼都可以。」

「寶莉。」法蘭西斯卡想拒絕。

「別客氣，法蘭西斯卡。我永遠無法報答妳，也希望妳永遠不需要我幫忙。但讓我送孩子點東西吧。我需要出門，不能永遠關在家裡。一起出門買個蜘蛛人書包對我是好事。」

「好吧，謝謝妳。」

寶莉的媽媽端茶回來，大夥像一群老朋友一樣聊天。我、兩個孩子和亨利玩在一塊，我知道即將發生的事，所以內心無比激動。我雖然會離開他們，但我知道他們不會有事。大家都很快樂，寶莉雖然還不算完全康復，但至少比之前更有精神了。從她抱起亨利親吻他的樣子，我看得出來，她一定會好的。我從沒見過她這麼做過。今天我還幾乎沒聽到亨利哭呢，感覺二十二號公寓像是出現了奇蹟。

午餐前，他們決定散步去公園。

「我需要透個氣，」寶莉說：「讓我去套件衣服。」我心想，這說法眞奇怪，但她回來時穿上了牛仔褲和T恤。亨利坐到了他的小推車上，湯瑪斯堅持要走路。他們出發時，我站在門口目送大家，他們轉向我。

「拜，阿飛。」亞列克西說。

「拜，阿飛。」湯瑪斯學哥哥說。寶莉和法蘭西斯卡都彎身摸了摸我。

「你中餐的時候回來的話，我回程會替你買魚。」寶莉說。我開心地喵喵叫。

「妳之前跟我打包票，說他聽得懂人話！」寶莉媽媽說。

「他那麼聰明。」法蘭西斯卡回答：「當然聽得懂。」

離開後，我趕忙先去找了虎咪。我走後巷，速度比較快，並且跳上圍欄，躲過咆哮的大狗。找到她的時候，虎咪正在後院曬太陽。我馬上告訴她我的計畫，聽完後她一臉驚恐，還氣到對我大叫，但我努力跟她解釋背後的原因。她痛罵我一頓，還說我是個白痴。接著她放聲大哭，說她很替我害怕，因爲我們不確定最後會是什麼結果。後來，她說我非常勇敢，又笨到不行。我只能承認她說的沒錯。我們最後依依不捨道別，我向她保證，我一定會盡我所能平安回來找她。

然後，我又趕回二十二號公寓吃魚，想暫時忘卻和虎咪的會面，以及不久將面對的事。

「我們去我家。」我在外面遇到法蘭西斯卡與孩子。她對我說：「亨利在睡覺，寶莉媽媽也讓寶莉去休息了，所以你的魚在我這。」我開心地呼嚕呼嚕，跟著他們上樓。

亞列克西打開電視，湯瑪斯坐到靠近電視的地方。法蘭西斯卡明明人已在廚房，卻馬上大喊：「太近了，湯瑪斯，後退。」她說完大笑。我懷疑她能看穿牆壁。貓視力很好，感覺也很敏銳，但就連我們也沒辦法看穿牆壁。我去廚房找她，等待我的午餐。如剛才說好的，她替我煮了魚，並端給我吃。除了在地上吃之外，我感覺自己就像人類一樣。她準備自己和兩個孩子的食物時，我狼吞虎嚥一番，然後清理自己。

吃完午餐，她哄了不想睡的湯瑪斯入睡，並陪亞列克西一起讀書。

「英文好難。」他抱怨。

「對，但你學得很好。很快你就會比媽媽厲害了。」

「我會喜歡學校嗎？」他一臉擔心。

「你會很喜歡，就像在波蘭一樣。」

「但語言不一樣。」

「對，但老師說同學人都很好，會幫助你，所以你不用擔心。」我看得出來，雖然法蘭西斯卡再三保證，但她心裡其實也為兒子擔心。

「如果寶莉買書包給我，我會非常開心。」法蘭西斯卡摟住亞列克西，用力親他一口，他一邊扭動身子，一邊說。

亞列克西讀一會兒書後，拿出玩具車，想要我去追。我追是追了，但肚子不大舒服，神經也愈來愈緊繃。雖然我很想好好玩一玩，心裡卻提不起勁。我暗罵自己。說不定我們這陣子就只能玩這最後一次了，甚至，搞不好還要更久才……我想到不禁打了個冷顫。不管怎麼說，我最起碼也該要玩個痛快吧。於是亞列克西推車子時，我馬上追過去，並試著用爪爪把車子推回去。這動作不容易，我成功推回去時，他開心地大笑。我們玩了好久好久，最後時間到了，我該動身去實行那個可怕的計畫了。

我向所有人道別，並記住了每個人的臉龐，真心希望不久後，我還能再見到大家。

33

我走近克萊兒家時，四條腿不住發抖。虎咪在屋外等我，並快速用鼻子輕擦我一下，祝我好運。虎咪希望我重新考慮，但我說不行。冥冥之中有聲音告訴我，爲了我愛的克萊兒，這件事不能不做。我可能有時氣她，有時嫌她軟弱，但是我愛她，而她現在需要我。感覺她只剩我了，雖然我力量不大，但希望對她來說，這就夠了。

我全身無力，但我用力跳入貓門，站在原地不動，默默觀察四周。我感覺得到，克萊兒還沒回家。喬在客廳看電視。我深吸口氣，全身貓毛豎起。之前當流浪貓時，我就感受過類似的恐懼。我的心臟飛快跳動，幾乎要從胸口跳出。

我坐在客廳外等待，不確定等了多久，直

到我聽見克萊兒從路上走來，感謝老天，幸好貓天生聽力敏銳。時機就是一切。我跑進客廳，直接跳到喬的大腿上。他嚇了一跳，接著如我所料，他大發雷霆。

「滾下去，你這臭貓。」他大吼，我朝他哈氣，並出爪抓他手臂。我閉上雙眼，因爲我早已預料接下來會發生的事。

「該死的蠢貓，討厭死了。」他邊說邊將我扔到客廳另一邊。我全身緊緊蜷成一團，感到自己下墜時，我四條腿伸出，穩穩落地。克萊兒走進屋子，於是我用盡全力大叫。

喬大步衝過客廳，開始一腳腳踢我。劇痛射向全身，我再也叫不出聲了。

「天啊，你在幹什麼，不要踢了，不要踢了，你這混蛋！」我聽到克萊兒尖叫，緊接著我眼前陷入一片漆黑。

雖然以前我跟瑪格麗特看過許多醫療劇，但我不確定自己還有沒有意識，或者是介於半夢半醒間。我只知道自己沒死，因爲還沒見到愛格妮絲和瑪格麗特，我相信死後一定會見到她們。我身上仍有溫度，但痛楚貫穿了我的身體，我似乎在移動。我依稀聽到人的聲音，安心的是，其中一個聲音是克萊兒。

「我做了什麼？」她大哭。「我讓他利用我，現在他走了，卻差點殺死阿飛。天啊，如果阿飛死了，我永遠不會原諒自己。」

「克萊兒。」這是塔夏的聲音。我認出來了。「妳離婚後狀態非常脆弱。我們以爲妳好多了，但其實沒有，對不對？妳還是覺得自己沒有價值，我早該看出來的。但喬倒是先發現了，他就是那種會感覺得到這種事的人。妳不能怪罪自己。聽著，阿飛不會有事，我們快到動物醫院了，我知道他一定不會有事。」但從她口氣，我聽得出她不大確定。「而且是阿飛救了妳啊。」

「阿飛那天看到他搥牆。我敢說他知道喬下次就會揍我。」

「要不是妳趕他走，他搞不好哪天眞會動手。」

「我現在知道了。看到他踢一隻無法反抗的貓，讓我徹底醒了，並且激發出連自己都意想不到的力量。我用力把他拉開。我眞是氣到瘋，對他又推又打，後來他又開始在那邊說『對不起』。我簡直不敢相信！但這次我不會再接受了。我跟他說，如果五分鐘內不離開，我直接報警。」

「結果他怎麼反應？」

「他哭哭啼啼，就像他撞完牆那次，但這次我很堅持。我不敢把阿飛抱起來，所以我趕快打給妳。當時地上都是血，阿飛又一動也不動。喬仍站在那，哪都不去，所以我又叫他滾蛋，他聽了就開始凶我。我拿出手機，撥打九九九*，警告他再向前一步，我就按下撥號。」

「這時他才終於離開？」

「對，但他當然先劈哩啪啦亂罵一堆話。」

「這傢伙爛透了。」

「我當初爲什麼看不清呢？」

「老實說，我不知道。我覺得他控制住妳了。人眞的很想要某個東西時，就會被蒙蔽雙眼。克萊兒，妳一定要從這件事學到教訓。不幸的是，像喬這樣的男人很多。」

「我眞的好抱歉，我是笨蛋，要是阿飛眞有個萬一，我永遠都不會原諒自己。」

「就是這態度！老愛罵自己笨，才會害妳一開始陷入麻煩。」我聽塔夏向克萊兒坦誠，心裡十分高興，但聽到克萊兒哭了，我又感到難過，我再次感到眼前一黑，昏了過去，後面的事我已無能爲力了。
但我的計畫成功，我終於趕走了喬。我只希望代價不會太高。

* 英國的報警電話。

34

我不知道自己在這奇怪的地方待了幾天。我待在動物醫院，獸醫對我做了各種治療。我迷迷糊糊中聽到他說我必須待在這裡。我甚至依稀聽到手術的事，接著他幫我注射，我又昏了過去。我聽到說話聲，但聽不清楚大家說些什麼。他們給我止痛藥，讓我不再痛苦，但藥讓我昏昏沉沉。我再也不害怕了，因爲我連害怕的力量都沒有了。我感覺像是一直在昏睡，但那不是正常的睡眠，夢中也沒有吃不完的魚。這種睡覺沒有做夢，也不會做夢。

一天我醒來，睜開雙眼。我抖了抖鬍鬚，鬍鬚還在。雖然我不大能動，但我感覺腦袋稍微正常了點。

「阿飛。」一個女人說。我望著她。她穿著綠色袍子，頭髮綁起，但是一臉和善。「我叫妮可，我是照顧你的獸醫助理。終於看到你的眼睛了。獸醫待會會來看你。」

我知道自己好多了。獸醫在我身上東摸摸、西摸摸，我朝他哈氣，但他只是大笑。妮可也來摸我身體，說我好多了，克萊兒現在可以來探望我了。

克萊兒和塔夏來探望時，我差點喜極而泣。但我要好努力才能睜開眼，不過還是做到了。我發現克萊兒氣色好很多，就像她週末回老家之後那樣，也更像遇到喬之前的她。

「喔，阿飛，他們跟我說你不會有事。」她大哭，淚水流下她的雙頰，但我想那是高興的淚水。

「謝天謝地，你又回到可愛的樣子了。這週感覺好漫長，」克萊兒說：「但你好好復元，再過一週，你就能跟我回家了。」

「別擔心，喬已經不在了。」塔夏說。

「對，他不在了，沒有人會再破壞我們的生活。是你救了我，阿飛，我知道你是爲了我挺身而出。」

「妳不覺得很怪嗎？」塔夏說。

「什麼事？」克萊兒問。

「這一切發生的方式？」

「什麼意思？」

「感覺像是阿飛計畫好的。喬打破牆嚇到你們倆，一天之後，妳下班回家，就發現他在踢阿飛。」

「因爲他是個王八蛋，我現在想到還是覺得噁心。」克萊兒氣呼呼說。

「不是，我是說，他說阿飛攻擊他，對吧？如果眞的是阿飛攻擊他呢？會不會是阿飛故意激怒喬，好阻止喬未來傷害妳？」

「我知道阿飛很聰明，但他沒那麼聰明吧，塔夏，妳瘋了嗎？他是貓。」

我會心一笑，再次沉沉睡去。

接下來幾天，克萊兒經常來探望我，我也漸漸恢復力氣，又能站起來了，雖然身上還是痛，但幸好骨頭都沒斷。獸醫說我恐怕沒法像之前那麼靈活了。但我不在乎，因爲我仍能走動，儘管內傷會跟著我，但大家都說我顯然是隻非常幸運的貓咪。當時跟事後我都看不出自己哪裡幸運，但或許他們說的沒錯，我眞的是隻幸運貓。

我出院前幾天，克萊兒又來了，但這次在她身旁的不是塔夏。我是已經醒了，但由於剛才吃了藥，所以有點迷迷糊糊，眼睛打不開，可是那聲音我絕對不會聽錯。

「阿飛！」那聲音帶著哭腔。「天啊，你怎麼了？」是強納森，我的強納森！我想睜開眼，但怎麼也睜不開來。

「所以你說阿飛是你的貓？」克萊兒聽起來有點氣惱。

「我就跟妳說他是我的貓了！我跑了好多地方，找得都快急死了。」

「我是看到了你的海報，可是我想這不可能是同一隻貓，因爲他是我的貓。」克萊兒說。

「什麼？我在海報上明明就寫得很清楚，我在找一隻叫阿飛的小灰貓。」強納森十分生氣，就像我頭一次遇到他那樣。

「好，我懂你的意思了。」克萊兒語帶愧疚。

「所以貓的外表一樣，名字也一樣，妳還是覺得不是同一隻貓？」我很高興強納森一點都沒變。

「我的意思是，他是我的貓。」

「妳倒是說說看，在倫敦的這條街上，長這副模樣、又叫阿飛的貓有幾隻？」我聽得出他語氣有多不耐煩。

「我只是沒想到……對不起，他一定是同時在我們這兩邊跑。」

「難怪他老是搞失蹤。」

「我也常常納悶。」克萊兒說。

「我不敢相信，這海報都貼超過一週了，妳竟然沒想到要通知我。」

「我是前幾天才看到海報的，而且就像我說的，我沒想到會是同一隻貓。所以今天晚上我看到你又出來貼了更多海報，這才終於聯想到，不是嗎？」克萊兒沒像以往那麼好欺負了，面對氣噗噗的強納森她竟然敢回嘴，我簡直刮目相看。

「我真的擔心得要命。」

「當然當然，我可以理解，對不起。我是真心覺得抱歉，但我也真的覺得他是我的貓！」我想喵一聲，提醒他們我在這，但發不出聲音。

「那個小孩又是怎麼回事？」

我耳朵豎起。難道他們是指亞列克西嗎？我開始覺得自己眞是備受寵愛。強納森想念我，而且四處在找我，難道二十二號公寓的家人也是？

「聽著，我眞的只有看到你的海報。在你給我看之前，我沒看到另一張用畫的海報。」克萊兒慌張起來。「就算我看到，我也不確定那隻貓看起來像是我家阿飛。」她無奈苦笑。

「那個孩子，我猜是孩子啦，不然就是非常不會畫畫的大人，現在一定難受死了。」

「我知道，我也很內疚，可是我不知道阿飛會到處留情！」她忍不住大笑起來。

「他一定到哪都在吃。」

「對，我猜這個調皮的傢伙吃得很飽，四處都有人照顧。光我們發現的就有三戶人家。天曉得還有多少戶在餵他。不然這樣，我們待會去看看那孩子。如果他們跟我一樣，肯定也是很擔心阿飛。」

「眞的很抱歉。」

「要是我看到那個欺負阿飛的混蛋，我一定會馬上殺了他。誰會這樣欺負無力還手的貓？徹頭徹尾的敗類。」強納森的臉蒙上陰影。

「我知道，我眞希望我當初報警了。我覺得這一切全都是我的錯，我居然讓阿飛發生這種事。」

「妳其實不用全怪到自己頭上。」強納森說，他還沒心軟，但語氣已沒那麼生氣了。

「可是這是眞的。問題就在這，這全是我的錯。」

「妳目睹他被欺負，心裡肯定也很難受。」強納森說。克萊兒聽了淚水奪眶而出。我努力睜開一眼，看到強納森笨拙地出手拍拍她肩膀，我突然覺得，他們在一起的畫面好登對。但不得不說，我視線確實有點模糊。

「對不起，強納森。」

「沒事了。他不會有事。」我看到克萊兒點點頭。

「喔，阿飛。」克萊兒伸手摸著我的籠子。「看來很多人都愛著你。」

那一刻，我知道自己一定很快就會復元，因爲我被人愛著，而我也愛著每一個人。更何況，我現在內心浮現一個計畫，這次的計畫應該不會那麼危險了。

35

今天要回家了，我超級興奮。獸醫的籠子雖然不算糟，但也稱不上是住豪華飯店。獸醫他們一直鼓勵我多運動，但老是關著我能怎麼辦。現在我終於要回到艾格路上享受閒晃的生活了，或許不能像以前那麼輕快地跳過圍欄，但至少能試試看。我好期待看到所有家人和虎咪，但他們現在都發現彼此的存在了，不知道他們有沒有生氣。我希望不會。

克萊兒來接我，雖然我不開心，但她和獸醫仍把我塞進貓專用的外出提籠。我瘋狂尖叫，不是因爲痛，而是因爲我覺得待在外出籠裡很沒尊嚴。

「他必須先關著一陣子。我會建議讓他多運動，但不能太激烈。他自己應該也有感覺，總之，我希望他先留在室內至少一週，再帶他來回診看看情況如何。」獸醫吩咐。我從貓提籠裡狠狠瞪她，這建議聽起來一點都不好玩，跟我預期的不一樣。

「別擔心。我會好好照顧阿飛的。」

強納森站在櫃檯，等待我和克萊兒。我很高興見到他。

「我去付醫藥費。」克萊兒說，櫃檯的小姐把帳單交給她。

「天啊。」強納森說完吹個口哨。「貴翻了。」

「他也是你的貓，你要不要分擔一點。」克萊兒說。強納森完全愣住，克萊兒見了大笑。「我開玩笑的，我有保險。」

「妳有保險？」強納森不可置信地問，彷彿他從沒聽過寵物保險。

「對啊，阿飛是我的貓，我當然有幫他保險。」

「我從沒想過這個。」強納森說。

「我也不意外，」克萊兒反擊：「我猜你出遠門都會忘記餵他，對不對？」強納森一臉尷尬，因爲他確實忘過好幾次。

「反正阿飛有四個家，我相信他不會餓到。」

「那又不是重點。好了，我們出發，有個派對在等著我們。」我心裡好氣，我回家的第一天，他們自己要開派對？

強納森把車停在他家外頭，他提著我進門，克萊兒跟在後面。他們一路上都在為我鬥嘴，我相信他們遲早會發現他倆簡直天生一對。一開始也許不太看得出來，因為他們一直吵來吵去的，而且克萊兒才剛結束一段不穩定的感情，但在我眼中，他們其實好配。他們那是在鬥嘴，不是吵架，兩人語氣一點都不尖銳。更何況，克萊兒這次可沒一直處在挨打地位，她在他身邊一點都不害怕。她變成了我心目中克萊兒該有的樣子。就說是貓的直覺吧，反正我打從心底知道，這兩人會像我愛他們一樣彼此相愛。

我愈來愈開心，尤其想到我的明蝦和喀什米爾毛毯，想到能和亞列克西一起玩球，想到能探望寶莉，想到亨利、托瑪士和湯瑪斯，當然別忘了法蘭西斯卡。嗷，我好想念大家，我露出大大的貓咪笑容，迫不及待走出提籠。

強納森將我放在走廊，打開籠子的門。他抱起我，走進廚房。我還有點在氣他們要丟下我去參加派對，但門打開時，我驚訝地喵了一聲。

「阿飛。」亞列克西大叫，朝我奔來，他停在強納森面前。廚房牆上釘著五顏六色的彩旗，強納森餐桌前坐著法蘭西斯卡、托瑪士、湯瑪斯、麥特、寶莉和亨利。

我不敢相信。這些人明明不認識彼此，卻齊聚一堂。

「你的詭計被揭穿了，阿飛。」麥特大笑。

「什麼是揭穿？」亞列克西問。

「我們發現阿飛有四個家，呃，雖然不是眞的和我們住一起，但他常來串門子。」法蘭西斯卡大笑。

「對，阿飛，我們到處找你，我還畫畫了，可是我們找不到你，好擔心。後來他們說你受傷了。」亞列克西眼眶泛淚。

「來，亞列克西，輕輕喔，你可以抱他。」強納森將我交給亞列克西，他親了親我。克萊兒也來加入我們。看到我所有的家人都在一起，感覺好奇怪喔。我緊緊依偎著亞列克西，同時觀察大家。寶莉比以往更加美麗動人，氣色好多了，她讓亨利坐在她大腿上下彈動。托瑪士和麥特都沒變。法蘭西斯卡一如往常鎭定溫和，湯瑪斯趁我不在時，好像又長大了一點。克萊兒變得容光煥發，我在動物醫院有看到她，但沒仔細觀察。她現在再次如花朵般綻放，體重也稍有增加（我當然會注意這種事），連雙頰也紅潤多了。我心想，她好漂亮，強納森也好帥。

強納森從亞列克西手中接過我，將我放到我的床上，這張床原本是在克萊兒家才對。他們將一碗食物放在我身旁：鮭魚佐明蝦，這是有史以來最美味的一餐。

每個人都好照顧我，還送我禮物。今天感覺就像我的生日！亞列克西和湯瑪斯畫了我的畫，上面有一隻貓和一輛車。大家怕孩子聽到實情大受打擊，於是便告訴他們，我是過馬路時被車撞到。這說法我有點介意，拜託，我橫越大半個倫敦，一路避開了多少車流。《交通安全指引》我熟得很。

「你過馬路一定要小心。」亞列克西對我說，強納森朝我眨個眼。

「還有最後一個禮物。」強納森說。

「這早該換了。」克萊兒補了一句。她把手伸向我，溫柔地解開我的項圈。她拿下刻著瑪格麗特家電話號碼的吊牌，並掛上新的吊牌，所有人鼓掌。「阿飛，這上面刻著你的名字和我們所有人的電話號碼，四個家都有，所以你永遠不會再走丟了。」

大家都說貓不會哭，但我向你保證，淚水在我眼眶中打轉。

我累翻了，但每個人都很溫柔，每個人都很愛我、想念我。我的感動好滿好滿，滿到都快從我身體溢出來了。在強納森家看到所有家人就是我最好的禮物。

他們聊到輪流照顧我的事。我復元期間會先待在克萊兒家，她請了幾天假來照顧我。強納森說剩下幾天交給他，他也會請假來照顧我。看來這陣子我要定時吃藥，還必須乖乖休息。

「還有一隻可愛的貓咪一直在等你，」克萊兒說：「她住在我家隔壁。」我心想不知道虎咪之後會不會來拜訪我。這樣的話，朋友和家人就都齊全了。

後來亞列克西講好下課後會來找我；克萊兒去買東西時，寶莉說她會帶亨利來陪我。最後所有人都過來親我，並摸了摸我，然後便離開了。

強納森抱著我回克萊兒家，並將我放在一樓。他們說我還不能走樓梯。我的腿仍十分無力，我想他們說的沒錯。

「你要喝點什麼嗎？」我蜷成一團休息時，克萊兒問他。

「當然好。妳想叫外賣嗎？我快餓死了。當然是看妳意願啦。」強納森說，我相信他說這句話時臉紅了。

「聽起來是個好主意。我真高興他回家了。」她低頭看我說。

「總之是其中一個家。」強納森回答，兩人哈哈大笑。我心花怒放，我從他們的聲音聽出我內心常有的感受，那是愛啊。這兩個人現在可能還不知道，但我知道。

我可是隻非常聰明的貓。

尾聲

我去找虎咪玩。她想陪我多運動，並承認她需要減肥。她說我不在的時候，她苦苦思念我，所以只能一直吃，沒怎麼動。聽了是很窩心啦，但我覺得她只是懶而已，她每次都這樣。

大家口中說的**那件事**發生後，已過了好幾個月。雖然我的計畫很危險，甚至差點害死我（我不確定自己離死神多近），但我沒料到結果是出乎意料的順利。隨著時光飛逝，我力氣恢復了。現在又是夏天了，雖然已是傍晚，但太陽還掛在天上，外頭依舊明亮又舒適。我順利熬過了一切，包括喬的攻擊和後來的寒冬，有陣子冷到我根本不想出門。最後我好不容易逼自己踏出大門，回歸以前在四個家轉來轉去的生活，輪流拜訪強納森家、二十二號兩間公寓、當然還有克萊兒家。康復之後，我再次當起了「串門貓」，但由於情況變了，所以感覺不大一樣。而且現在，事情更是出現了前所未有的變化。

法蘭西斯卡、托瑪士和兩個孩子搬離了艾格路。幸好他們只搬到附近另一條路上，住進更大的公寓。但因爲距離比較遠，所以我沒那麼常去了，不過他們常來寶莉和麥特家，以及強納森和克萊兒家。我好開心，我的家人因爲我都成了好朋友。他們如我所願喜歡著彼此。

托瑪士成爲餐廳合夥人，做得有聲有色。亞列克西很愛上學，他的英文現在比父母還好。湯瑪斯話說得愈來愈多，還帶有英國人的口音。法蘭西斯卡在一家店工作，她常帶魚來送我。她說她現在比較不那麼想家了。

寶莉健康不少，現在十分享受當媽的感覺。她肚子變大了，大家告訴我，她要有另一個寶寶了。這代表我又要多個玩伴了！她、麥特和亨利一家人和樂融融。亨利現在會走路了，常常跑來拉我尾巴，但他只是在玩，沒有惡意，所以我都忍下來了。最大的變化是，他們現在也換了新家，位置剛好在強納森家對面。他們現在住得很近，房子雖然沒有強納森家大，但是一棟適合小家庭的可愛屋子。

克萊兒和我一起搬進了強納森家，住在艾格路四十六號。我成功將兩人湊成一對（雖然花了點時間）。這是我所有計畫中最棒的一個，雖然我其實只幫了一點點忙，兩人感覺是自然而然就在一起了。他們這一對十分幸福，強納森還是常抱怨，但克萊兒會逗他。她一點都不怕他，而且對她和我，強納森是照顧得無微不至。塔夏經常來玩，他們也會邀其他朋友來，還有法蘭西斯卡一家人、寶莉和麥特。屋子裡天天都很熱鬧，充滿歡笑，正如我所期盼。

克萊兒和強納森說我是貓界的奇蹟，因爲我成就了很多好事。我被誇到有點得意忘形，屁股翹高高的。聽他們形容，我彷彿不只是幫助了家人，還拯救了全世界。但他們講的也不算誇張，我的生活確實因此變得更加美好豐富。

我們漸漸磨合，適應了新的生活。我有好多值得感謝的事，像我的友誼、我的家人以及圍繞著我的愛。我不需要再懷著恐懼浪跡街頭，躲避汽車、惡狗和野貓，四處尋覓食物和棲身的角落，那段日子已經離我好遠，有時我覺得那彷彿是別隻貓的生活。但那確實是我曾經經歷過的事，我的過去一直與我同在。所有淚水和恐懼，以及家人是如何需要我，這些全是我的一部分。我永遠不會忘記喬和他的所做所爲，雖然我付出了代價，但也讓我獲得了更多。我永遠不會忘記亞列克西拿著獎狀回家，因爲他的作文寫了他最好的朋友（也就是我）。我永遠不會忘記法蘭西斯卡說，她來到英國起初好辛苦，但有了我，讓一切變得好過很多。我永遠不會忘記克萊兒和寶莉說我拯救了她們。我永遠不會忘記，強納森開玩笑說是我把他掰成了貓派，並告訴克萊兒，多虧有我他才逃出菲莉琶的魔爪。我永遠不會忘記自己來這裡之前的那段漫長旅途，現在只希望磨難都已結束，接下來我能好好享福。

我還是最喜歡當一隻膝上貓，而我現在能窩的大腿數量剛剛好。有時候，我會在晚上走到外頭，仰望星空，並希望愛格妮絲和瑪格麗特在某處朝我眨眼。失去她們之後，我做了許多好事，但那全是因爲她們教導了我什麼是愛，並帶給我無數啓發。正因爲她們，和我所經歷的一切，讓我成爲了一隻更好的貓。我從中學到的是，這就是貓生的法則。

致謝

多虧了合作的團隊，這本書我寫得無比快樂，尤其要感謝我出色的編輯 Helen Bolton，整個過程充滿樂趣，妳帶給我無數啓發和鼓勵，並指引了我寫出第一本小說。另外也感謝 Avon 出版社團隊支持，你們的熱情大大激勵了我。我也很幸運擁有傑出的經紀人，感謝 Kate Burke 和 Diane Banks 經紀公司的所有同事。

我的家人給我極大的鼓勵，他們一直餵我吃東西，讓我得以寫至深夜。感謝我親愛的朋友在我提出天馬行空的想法時將我拉回現實，我覺得這本書能出版，你們都是不可或缺的一部分。

最後感謝人生中所有曾與我相伴的貓咪家人。

這本書是獻給你們的。你們是我的家人和朋友，時時鼓勵著我，許多時候也支持著我。你們不只是寵物，你們的意義遠不止於此。

Eurasian Publishing Group
圓神出版事業機構
用心與你對話・網野無限寬廣
寂寞出版社
Solo Press
www.booklife.com.tw
reader@mail.eurasian.com.tw

Soul 062

串門貓阿飛的奇蹟

作　　者／瑞秋・威爾斯 Rachel Wells
譯　　者／章晉唯
發 行 人／簡志忠
出 版 者／寂寞出版股份有限公司
地　　址／臺北市南京東路四段 50 號 6 樓之 1
電　　話／（02）2579-6600・2579-8800・2570-3939
傳　　真／（02）2579-0338・2577-3220・2570-3636
副 社 長／陳秋月
副總編輯／李宛蓁
責任編輯／朱玉立
校　　對／周婉菁・朱玉立
美術編輯／李家宜
行銷企畫／陳禹伶・朱智琳
印務統籌／劉鳳剛・高榮祥
監　　印／高榮祥
排　　版／莊寶鈴
經 銷 商／叩應股份有限公司
郵撥帳號／ 18707239
法律顧問／圓神出版事業機構法律顧問　蕭雄淋律師
印　　刷／祥峯印刷廠
2025 年 9 月　初版

定價 380 元　　ISBN 978-626-99938-0-2　

他對我的好足以彌補全世界的不好。

——《我親愛的甜橙樹》

國家圖書館出版品預行編目資料

串門貓阿飛的奇蹟 / 瑞秋・威爾斯（Rachel Wells）著；章晉唯譯. -- 初版. --
臺北市：寂寞出版社股份有限公司, 2025.09
288 面；14.8×20.8公分（Soul；62）
譯自：Alfie the doorstep cat
ISBN 978-626-99938-0-2（平裝）

873.57　　114010164